本书系国家社会科学基金重点项目"中国当代文学中的民族记忆研究"
（项目编号：12AZD089）成果

# "十七年"小说中的民族记忆

赵怀坤——著

上海大学出版社

**图书在版编目(CIP)数据**

"十七年"小说中的民族记忆/赵怀坤著. —上海：上海大学出版社,2019.12 (2021.11重印)
 ISBN 978-7-5671-3783-7

Ⅰ.①十… Ⅱ.①赵… Ⅲ.①历史小说－小说研究－中国－当代 Ⅳ.①I207.42

中国版本图书馆CIP数据核字(2020)第006797号

责任编辑　陈　强
助理编辑　夏　安
封面设计　缪炎栩
技术编辑　金　鑫　钱宇坤

**"十七年"小说中的民族记忆**
赵怀坤　著
上海大学出版社出版发行
(上海市上大路99号　邮政编码200444)
(http://www.shupress.cn　发行热线 021-66135112)
出版人　戴骏豪

\*

南京展望文化发展有限公司排版
江阴市机关印刷服务有限公司印刷　各地新华书店经销
开本 890mm×1240mm　1/32　印张5　字数118千
2020年1月第1版　2021年11月第2次印刷
ISBN 978-7-5671-3783-7/I·575　定价　40.00元

# 目 录

序／1

导 言／1
    第一节　何为民族记忆？／1
    第二节　民族记忆与中国当代文学／7
    第三节　研究思路／11

第一章　民族记忆视角的引入／19
    第一节　"十七年"革命历史小说的研究状况／19
    第二节　对"十七年"革命历史小说中的民族记忆的相关研究／29
    第三节　民族记忆研究视角／30

第二章　"十七年"小说中的苦难记忆／37
    第一节　被"遮蔽"的苦难／39

第二节　苦难记忆的"克服" / 44

第三节　记忆的溯源与重补 / 49

## 第三章　"十七年"小说中的战争记忆 / 56

第一节　从传统战争到现代革命战争 / 57

第二节　战争记忆的传承方式 / 63

第三节　战争里的英雄记忆 / 68

## 第四章　"十七年"小说中的伦理与情感记忆 / 75

第一节　乡村伦理的旧梦与新质 / 79

第二节　恋地：一种情感记忆 / 96

## 第五章　审美记忆与文学形式 / 111

第一节　"史传意识" / 113

第二节　"原型"的书写 / 119

第三节　赵树理"评书体"的自觉 / 126

第四节　小说中的通俗性 / 132

## 附论：昨日重现的价值 / 141

## 参考文献 / 148

# 序

王光东

本书是我主持的国家社科基金重点项目"中国当代文学中的民族记忆研究"的结项成果之一,主要由赵怀坤撰写完成。在项目申报和成果撰写过程中,上海大学的曾军教授,杨位俭、常峻副教授也曾参与讨论并提出了许多宝贵意见,正是在大家的共同努力下,项目达到了国家社科基金结项要求,现在作为项目成果出版。

本研究从宏观的理论层面深入分析中国当代作家文学、民间文学与民族记忆的互动关系,说明民族记忆在中国当代文学发展过程中的重要意义。在全球化背景下,各民族的文化都将进入一个开放与交融的新的发展时代,在这种历史背景下,如何重新理解本民族的传统文化、保持民族文化的个性成为我们理应思考的一个重要问题。

在中国当代文学的发展过程中,民族记忆构成了作家文学作品的重要内容。本研究成果主要阐述的问题是民族记忆如何参与了中国当代文学的发展进程,又是如何参与到新中国建设、改革开放的过程当中。民族记忆在文学书写过程中表现出它的丰富性和复杂性,不管时代怎么变化,民族记忆总有不变的东西存在,否则记忆就不能称其为记忆,这也是本研究论述的一个重点。

民间文学作为中国文学的重要部分,是本研究关注的另一个重要内容。相比于文学史上的作家文学来讲,民间文学更加具有复杂性。这种复杂性与民间复杂的言说、编纂者的不确定性等特点息息相关,这就相应地造成了民族记忆在民间文学中的鲜活存在。本研究通过几个典型的个例对民间文学中的民族记忆进行了深入的解读,由此说明了民族记忆在当代中国民间文化中的重要意义。

在当代文学的历史上,吸引读者阅读目光的不仅有数量众多的汉族作家,同时还包括来自各少数民族的代表性作家。少数民族文学创作一直是中国当代文学的重要组成部分。比如新中国建立以后藏族的《萨格尔王》、蒙古族的《嘎达梅林》、彝族的《阿诗玛》等。新时期以来,少数民族作家异军突起,产生了很多优秀的作家作品,如回族作家霍达(《穆斯林的葬礼》),藏族作家阿来(《尘埃落定》)、扎西达娃(《西藏,系在皮绳扣上的魂》),满族作家叶广芩(《全家福》《采桑子》《梦也何曾到谢桥》)、赵玫(《我们家族的女人》),仫佬族作家鬼子(《被雨淋湿的河》《一根水做的绳子》),鄂温克族作家乌热尔图(《一个猎人的恳求》《七岔犄角的公鹿》《琥珀色的篝火》)等。因为本课题所要研究的是当代文学中的民族记忆书写问题,虽然前文中有所界定,"民族记忆"的"民族"主要是指中华民族,但如果不涉及少数民族文学显然是不合适的,但研究者所能接触到的少数民族文学基本上是少数民族作家采用汉语创作的部分,未能对少数民族文学的其他大量作品有充分的掌握。由于学识和能力所限,只能把接触到的少数民族文学单独作为一章,做了一个概述式讨论。

小说成为本课题的重要论述对象也需要在此作一说明。中国当代文学中的诗歌、散文、戏剧等文学样式虽然也取得了重要的成就,但是从民族记忆与文学创作的关系来看,小说相比于其他文学体裁而言,体现出更为丰富的民族记忆的内容,因此本课题以小说为主要研究对象,同时兼及诗歌、散文、电影、戏剧等文学体裁。

在课题成果出版之际,作如上说明的目的是为了便于大家了解课题的研究内容,也借此向上海大学出版社表示衷心的感谢。

# 导　言

## 第一节　何为民族记忆?

记忆成为人文社会科学的一个重要概念,始于 20 世纪的七八十年代,涉及东西方的历史学、社会学、民俗学、人类学等多种学科。① 翻译到国内的理论著作包括莫里斯·哈布瓦赫的《论集体记忆》、保罗·康纳顿的《社会如何记忆》、阿斯特莉特·埃尔和冯亚琳主编的《文化记忆理论读本》、哈拉尔德·韦尔策编的《社会记忆:历史、回忆、传承》等,另外,雅·勒高夫的《历史与记忆》也对记忆和历史的关系有所探讨。

记忆是一个和文化、历史等范畴紧密相连的概念,它以"关于集体起源的神话以及与现在有距离的历史事件为记忆对象,目的是要论证集体的现状的合理性,从而达到巩固集体的主体同一性的目的。记忆本质上是一种立足现在面对过去的建构"②。学者康纳顿在《社会如何记忆》一书中将"集体记忆"演变为"社会记

---

① 参考王晓葵:《"记忆"研究的可能性》,发表于《学术月刊》2012 年第 7 期。
② [法]莫里斯·哈布瓦赫:《论集体记忆》,上海:上海人民出版社 2002 年版。

忆",更多地强调社会记忆的传递性和连续性,纪念仪式、习惯操演和身体实践是"社会记忆"得以延续的关键。① 阿斯曼将集体记忆的概念引入文化领域,认为每个文化体系中都存在着一种"凝聚性结构",它包括两个层面:在时间层面上,把过去和现在连接在一起,其方式是把过去的重要事件和对它们的回忆以某一形式固定和保存下来,并不断使其重现以获得现实意义;在社会层面上,它包含了共同的价值体系和行为准则,而这些对所有成员都具有约束力的东西又是从对共同的过去的记忆和回忆中剥离出来的。这种凝聚性结构是一个文化体系中最基本的结构之一,它的产生和维护便是"文化记忆"的职责。②

那么,一个民族怎样维持其文化记忆传承不废呢? 在扬·阿斯曼看来,从历时的角度看,文化记忆的保持有两种方式:仪式关联和文本关联。所谓"仪式关联",是指一个族群借助于对仪式的理解和传承实现文化的一致性。这些仪式可被称作"记忆的仪式",其中附着了各种知识。在无文字社会或民间社会,重复举行的节日仪式是保持文化记忆的重要途径,"文化记忆以回忆的方式得以进行,起初主要呈现在节日里的庆祝仪式当中。只要一种仪式促使一个群体记住能够强化他们身份的知识,重复这个仪式实际上就是传承相关知识的过程。仪式的本质就在于,它能够原原本本地把曾经有过的秩序加以重现"③。在无文字社会或民间社会,每次举行的仪式都相吻合,各种文化知识和文化意义就以"重复"的方式再现并传递下去。

---

① [美]保罗·康纳顿:《社会如何记忆》,上海:上海人民出版社2000年版。
② [德]扬·阿斯曼:《文化记忆》,选自《文化记忆理论读本》,阿斯特莉特·埃尔、冯亚琳主编,北京:北京大学出版社2012年版。
③ [德]扬·阿斯曼:《文化记忆:早期高级文化中的文字、回忆和政治身份》,北京:北京大学出版社2015年版,第87—88页。

所谓"文本关联",是指一个族群借助于对经典文本的阐释获得文化的一致性。狭义的"文本"①,是文字产生之后出现的文化载体。相比于仪式,文本不是传承形式,而是被传播的对象,"只有当人们传播文本的时候,意义才具有现时性。文本一旦停止使用,它便不再是意义的载体,而是其坟墓,此时只有注释者才有可能借助注释学的艺术和注解的手段让意义复活"②。一个民族历史上产生的具有重要信仰价值和思想意义的经典文本,通过背诵、传抄以及印刷的途径广为传播,成为形塑民族信仰、观念和行为的规范性文献,因而被视为宗教圣典或哲学、历史、文学的经典。此后每一代人都通过注解、阐释保持对这些圣典或经典理解的一致性,从而保证了文化传统得到传承。

从文化史的角度看,文化记忆的维持方式从"仪式关联"过渡到"文本关联"是必然的。虽然两者传承文化的方式明显不同,前者依靠仪式周而复始地举行,后者则依赖于对文本的反复解释,但是,在扬·阿斯曼看来,"在促成文化一致性的过程中,重复和解释两种方式具有大致相同的功能"③。

记忆的研究逐渐拓展到与国家权力、族群认同、社会建构、历史想象等问题联系起来,因此,"民族记忆"的概念也随之出现。

"民族"(nation)一词具有相当含混的含义。现代意义上的

---

① 法国结构理论家德里达把"文本"分为广义、狭义两种。广义的"文本"指包括一个仪式、一种表演、一段音乐、一个词语在内的符号形式,可以是文字的,也可以是非文字的;狭义"文本"则指用文字书写而成的有主题、有一定长度的符号形式,是文字构成的文学作品。([法]雅克·德里达:《文学行动》,赵兴国等译,中国社会科学出版社1998年版,第85—96页。)按照德里达的这个划分,民间文学的文本多为口头表演,属广义文本;而作家写作的文学作品,则为狭义文本。

② [德]扬·阿斯曼:《文化记忆:早期高级文化中的文字、回忆和政治身份》,北京:北京大学出版社2015年版,第89—90页。

③ [德]扬·阿斯曼:《文化记忆:早期高级文化中的文字、回忆和政治身份》,北京:北京大学出版社2015年版,第87页。

"nation"一词更多地具有政治含义。本尼迪克特·安德森认为民族"是一种想象的政治共同体——并且,它是被想象为本质上有限的(limited),同时也享有主权的共同体"①。紧接着,他对"想象的共同体"有了如下三种解释:首先,强调民族的有限性,"因为即使是最大的民族大团结,就算他们或许涵盖了十亿个活生生的人,他们的边界,纵然是可变的,也还是有限的。没有任何一个民族会把自己想象为等同于全人类"②。其次,任何民族的自由,都是以"主权国家"的获得为象征的。最后,"尽管在每个民族内部可能存在普遍的不平等与剥削,民族总是被设想成为一种深刻的、平等的同志爱。最终,正是这种友爱在过去两个世纪中,驱使数以万计的人们甘愿为民族——这个有限的想象——去屠杀或从容赴死"③。在中国,"民族"一词的出现较晚。梁启超于1899年撰写的《东籍月旦》一文中出现了"东方民族""泰西民族"等新名词。④ 1905年,在孙中山提出"民族、民权、民生"的三民主义之后,"民族主义"开始广为使用。安德森的"想象的共同体"基本上是在"民族国家"的意义上去定义民族的,这就使"民族"的复杂含义中剔除了种族等人类学的因素,偏重于从历史文化和政治组织的角度去理解民族。自辛亥革命以来,中国的民族解放运动始终与国家的独立运动结合在一起。单正平在《晚清民族主义与文学转型》一书中,把中国的民族主义的发生分为七个阶段,各个阶段的民族主义的不同指

---

① [美]本尼迪克特·安德森:《想象的共同体:民族主义的起源与散布》,上海:上海人民出版社2003年版,第5页。
② [美]本尼迪克特·安德森:《想象的共同体:民族主义的起源与散布》,上海:上海人民出版社2003年版。
③ [美]本尼迪克特·安德森:《想象的共同体:民族主义的起源与散布》,上海:上海人民出版社2003年版,第6—7页。
④ 王联主编:《世界民族主义论》,北京:北京大学出版社2002年版,第3页。

涉表明"民族"含义的不断变化。相对于西方学者安德森等人对"民族"的界定，单正平不断发掘中国语境下"民族"的复杂含义，指出中国的民族主义有一个"从天下到国家的缓慢自觉"①。用汪晖的话说，清帝退位后，有一种"禅让"的意味，这是革命后的一种"大妥协"，是一种连续性的创制。这在一定程度上保证了政权的完整性，"和而非分"②。在中国现代化历史中，一直面临着血统的种族、文化上的民族集团和政治上的民族国家等多种"复兴"的焦虑，一般把这多重焦虑放在一起考虑，这就造成了民族国家多重含义的一体性。中国是一个多民族的国家，但同时又构成了一个统一的中华民族，有些学者称之为"大民族主义"和"小民族主义"。③ 在以上的意义上，我们所讨论的"民族"，意指中华民族，而非单个的汉族，或者其他的少数民族。所以在本书中，所使用的"民族国家"④含义基本上沿用这一传统用法，"民族"与"国家"的含义基本上可以置换。

民族记忆涉及一个民族国家共同的文化、价值评价、准则、情感、审美习惯等内容。中华民族的神话、民间故事，关于战乱、饥荒、政权更迭、时代转型等内容，都属于中华民族的民族记忆。综上所述，民族记忆是某一民族集体认同的记忆形式，它始终是一种建构，是流动的，包括民族的情感记忆、战争记忆、苦难记忆等，包

---

① 单正平：《晚清民族主义与文学转型》，北京：人民出版社2006年版。
② 汪晖：《革命、妥协与连续性的创制（代序言）》，选自章永乐：《旧邦新造：1911—1917》，北京：北京大学出版社2011年版。
③ 魏朝勇在《民国时期文学的政治想象》一书中，提到梁启超对这种"双向"民族主义的复杂思考，最终，梁启超还是把民族主义的取向定位在中华民族这一"大民族主义"上。
④ 在这里要说明的是，关于把"民族主义"从"国家主义"的捆绑中解救出来的论述已经大量出现，比如卡尔·瑞贝卡《世界大舞台：十九、二十世纪之交的中国的民族主义》一书中就在做这种尝试。本文的关注点不在民族、国家如何生成、交织等二者的复杂关系上，所以，暂且选择"民族"与"民族国家"捆绑在一起的含义。

含民族群体共同的价值体系、行为准则、情感体验和审美经验,是不同民族间区别的重要标准,是民族最宝贵的精神文化资源。

民族记忆不能作为一个完全自足的存在,它并不能自我呈现。哈布瓦赫认为,记忆只有依附于一个意义框架,才能存在。① 但同时,这并不表明民族记忆是不可捉摸、玄之又玄的事物。"过去的形象一般会使现在的社会秩序合法化。这是一条暗示的规则:任何社会秩序下的参与者必须具有一个共同记忆,对于过去社会的记忆在何种程度上有分歧,其成员就在何种程度上不能共享经验或者设想。"②也就是说,对于现存秩序的认同,对于政权合法化的确认离不开共享一套民族记忆。然而,我们要继续论证的是,这个意义框架的背后必然存在一个意义的讲述者。民族记忆的出现必然伴随其背后的讲述者的存在,即由谁来叙述民族记忆。从某种意义上来讲,人们生活在叙述之中。"我们无法理解错综复杂、千头万绪的社会历史,除非是把它讲成一个有头有尾的、向着一个未来发展的、情节统一的大故事","我们理解和认识自己的方式就是讲一个有关我们自己的有意义的故事","在我们的日常社会生活中,新闻报道、奇闻轶事、小道消息、人物特写等等都在叙事,而我们就通过这些叙事来把握和理解我们的现实及其历史。因此,'叙事'首先不是一种主要包括长篇和短篇小说的文类概念,而是一种人类在时间中认识世界、社会和个人的基本方式。"③由此可见,叙述基本上可以说具有一种组织、从而理解过去与现实的功能,那么我们可以通过叙述而具有对过去的多种理解。叙述还是一种话语

---

① [法]莫里斯·哈布瓦赫:《论集体记忆》,上海:上海人民出版社2002年版。
② [美]保罗·康纳顿:《社会如何记忆》,上海:上海人民出版社2000年版,前言第3页。
③ [美]华莱士·马丁:《当代叙事学》,北京:北京大学出版社1990年版,第59页。

活动,由谁叙述历史,这是一个权力争夺的问题。"当我们把叙事理解为'话语'的时候,叙事就不仅仅是一种文体风格,而且还是一种意识形态。因为话语是一种与权力相关的概念,任何话语都有他的权力基础——任何话语都是在一定的历史文化环境中产生的。"①民族记忆并不是一成不变的,它背后隐藏着一个叙述者,叙述者不同,呈现出来的是不同的民族记忆,这也是民族记忆的复杂性所在。

这就造成了民族记忆并不是一个固化的存在,而是一个流动的概念,不同时代的讲述者赋予民族记忆以不同的内容,它会随着时代的变化而不断增加新质或者删除某些部分。

## 第二节 民族记忆与中国当代文学

五四新文化运动以来,文学不断表现出与前一个时期不同的新特点。然而,与新特点不断出现并行不悖的是对于先前存在的文学因素的不断继承和转化。这个文学传统作为一种情感、审美积淀等,已然成为当下文学创作所自觉或不自觉借鉴的民族记忆。这种民族记忆内含于文学创作的情况很早就进入了研究者的视野。

从五四到"民族形式"的论争,民族形式一直是文学界关心的问题。到了毛泽东在延安文艺座谈会上发表讲话之后,民族形式的问题更进一步得到了重视,并在"十七年"革命历史小说和合作

---

① 李杨:《抗争宿命之路——"社会主义现实主义"(1942—1976)研究》,长春:时代文艺出版社1993年版,第9页。

化小说的创作中得到了具体展开。周扬曾经说过:"在我们吸收的时候,还是把自己一切去取消,把西洋的全部搬过来,还是一方面吸收他们的优点,参考他们的经验,另一方面把我们的传统找过来,发扬自己的特点?我认为一定要找自己的规律,找自己的特点!中国这样大的国家,有着几千年的悠久历史,而且这个历史从来没有中断过,怎么能够在我们这一代把它割断呢?对于西洋的规律,我们可以承认它是科学的,但不一定适合于东方。我们必须找出自己的规律和自己的特点来,西洋的东西也要,自己的东西也要,我们自己民族的东西吸收了外来的经验和技术后,应该使它更丰富,而不是变形和灭亡。"① 这其中都绕不开传统文学所留下的民族记忆,及其现代转化。

中国当代文学与中国的古代文学、五四新文学等,有着不可分割的关联。关于中国现代文学与传统文学的内在联系,已经受到国内外诸多学者的关注,比如普实克认为,古代中国文学的主观抒情传统深刻影响了中国现代文学的发展趋向②;方锡德从审美形式、思想内容等小的方面铺展开关于现代文学与传统文学的点滴关联,典型的比如正文中将要论述的"史传意识"等。③ 而从整体上高屋建瓴式地把握传统中国到现代中国思想文化贯通特征的,莫过于李泽厚关于"深层"文化结构的论述。他从儒家文化着手,把中国的文化概括为两种文化结构,即"表层"结构和"深层"结构,正是这两种结构形成了一种完整的错综复杂的文化网络。

---

① 周扬:《关于当前文艺创作上的几个问题》,王尧、林建法主编:《中国当代文学批评大系(1949—2009)》,苏州:苏州大学出版社2012年版,第361页。
② 参见:[捷]普实克:《普实克中国现代文学论文集》,长沙:湖南文艺出版社1987年版。
③ 参见:方锡德:《中国现代小说与文学传统》,北京:北京大学出版社1992年版。

所谓儒家的"表层"结构,指的是孔门学说和自秦、汉以来的儒家政教体系、典章制度、伦理纲常、生活秩序、意识形态等等。它表现为社会文化现象,基本上是一种理性形态的价值结构或知识——权力系统。所谓"深层"结构,则是"百姓日用而不知"的生活态度、思想定势、情感取向;它们并不能纯是理性的,而毋宁说是一种包含着情绪、欲望,却与理性相交绕纠缠的复合物,基本上是以情——理为主干的感性形态的个人心理结构。这个所谓"情理结构"的复合物,是欲望、情感与理性(理知)处在某种结构的复杂关系中。它不只是由理性、理知去控制、主宰、引导、支配情欲,如希腊哲学所主张;而更重要的是所谓"理"中有"情","情"中有"理",即理性、理知与情感的交融、渗透、贯通、统一。我认为,这就是由儒学所建造的中国文化心理结构的重要特征之一。它不只是一种理论学说,而已成为某种实践的现实存在。①

当代文学作为当代中国的一种文化实践,如果从李泽厚的"文化心理结构"角度去观察,会生长出多种解读的可能性。文学传统从某种程度上来看是一种"文学秩序",必然与它所存在的文化政治环境密切关联。文学秩序的变动必然带来文类的地位变迁,比如小说在近代、现代就变得比以前重要。另外,在中国当代文学的发展过程中,文学内部的形式和表现内容也发生了巨大的变化,这已无须多言。比如,"十七年"文学"乐观主义基调"、英雄人物的塑造、喜剧性结尾的要求等内容书写已经与之前的文学产生了很大不同,另外评书体的改造、"社会主义现实主义"长篇巨制的制造

---

① 李泽厚:《说文化心理》,上海:上海译文出版社2012年版,第78页。

等也是前所未有的变化。这种种变化,我们可以归结为李泽厚所说的"表层"结构,即社会文化现象。表现在小说的叙事上,政治道德化等修辞方式也是这种"表层"结构变迁所采用的方式。然而,正如李泽厚所言,这种"表层"结构并不是形单影只地存在,它必然与"深层"结构发生关联,相互交融。"十七年"小说自身的存在离开政治文化的框架去解读必然有失偏颇,因为它本身就是那个时代政治文化不可或缺的一部分。小说中所要表现的社会变迁带来的人民群众的整体改变,必然要落实到农民等个体去表现,而农民等个人的文化心理结构便是文化心理"深层"结构的承载体,在他们身上表现出"深层"和"表层"结构的完美融合。农民等群体在经历过政治动员与改造后,发生了翻天覆地的变化,从而投身到革命、社会主义建设和改造活动中去,这是"十七年"小说所要表现的一个经典主题。然而,被改造的农民群体身上还存在一种非常强烈的顽固性,也就是几千年以来积淀下来的"深层"文化心理结构。这就给这个时期的小说提供了一种论述的张力,才有了比如梁三老汉、陈先晋等中间人物的独特美学存在。当然,不仅仅是这一群中间人物身上具有这种"顽固性","十七年"文学中大凡表现成功人物或者是乡村整体都存在这种可供分析的多质性。可以说,这种"深层"和"表层"的文化心理结构的融合,正是构成民族记忆的核心内容。

当代文学的特殊性在于,在所描述的重大的历史变迁、社会事件当中,蕴含着一种"深层"和"表层"文化心理结构所交融其中的民族记忆,它不仅对文学审美的深度、广度起到至关重要的作用,而且密切联系着新中国成立直至当下的中国历史和现实。因为民族记忆是一个丰富而又复杂的概念,说明民族记忆与中国当代文学的关系,从文学史上具体文学作品中呈现出的民族记忆形态入手是一个有效的研究路径,因此本文丛侧重于通过具体文学现象和具体文本分析,讨论中国当代文学中的民族记忆问题。

## 第三节 研究思路

本书主要以革命历史小说和合作化小说为考察对象,根据两种题材的特点与共性来论述"十七年"文学民族记忆书写,一共分为五章。

第一章以民族记忆的视角引入的合理性论述开始,梳理了"十七年"革命历史小说相关研究状况,从而整理了前人如李杨、陈思和、蔡翔、黄子平等学者的独特成就。同时发现,前人很少从民族记忆这个角度进入研究,而民族记忆的视角是我们不能忽略的一个必要角度。所以本书试图引入民族记忆这一更加普泛化、解释力更强的概念,从民族记忆的视角进入"十七年"革命历史小说的考察视域。笔者认为,所有的革命历史小说都涉及民族记忆的重构,可以说革命历史叙事的完成其实就是重新构造民族记忆的过程,从而完成革命历史的重构。这就凸显了"十七年"革命历史小说中民族记忆研究的必要性。接着讨论"十七年"革命历史小说研究为何要引进"民族记忆",以及民族记忆引入到"十七年"革命历史小说的考察视角的两种运用——时间逻辑与情感认同。本章以时间逻辑和情感认同为例,突出了民族记忆这个视角引入的合理性和必要性。对于革命历史的讲述必须面对民族记忆,正是由民族记忆连接狭窄的现实与广袤的过去所决定的。如果从民族记忆重构的角度考察革命历史叙事,那么它是如何连接现实和过去的?通过民族记忆重构的角度我们发现,革命历史小说是以"现在"的意识形态规约为核心,通过"现在"对过去的形塑来完成的,形成一套完整的逻辑流畅的过去、现在、未来时间观来组织叙事。另外,情感的认同也必须通过民族记忆的重构来完成。记忆与情感具有天然的血缘关系,不具有情感因素的往事,不可能长久存在于记忆之中,更不可能上升为民族记忆的形式。情感认同正是在与读者记忆中的阅读经验互动中产生,从而在阅读过程中重构了这一民族记忆。从民族记忆的角度看,革命传奇的讲述正是叙事过程中世俗化和神圣化的结合而达到这种情感认同的。

第二章讨论"十七年"另一种革命历史小说中民族记忆的呈现方式:苦难记忆。苦难记忆的书写不管是对于"十七年"革命历史叙事逻辑的完整,还是民族国家情感的认同,都具有重大作用,这也是研究苦难记忆的重要性所在。本章主要考察"十七年"革命历史小说中苦难记忆的构成,以及苦难记忆的表达方式,从而进一步论证苦难记忆对于"十七年"革命历史叙事的作用。本章首先考察了苦难记忆的几种构成方式,一种是放在革命历史小说开始部分的苦难。这种方式一般是从苦难开始讲起,然后是对苦难的抗争,在经历自发的盲目抗争的失败后,终于找到了革命的组织,最后走向彻底的翻身解放。第二种方式是群众诉苦,一般出现在对于地主恶霸的审判中。由此,苦难记忆不仅论证革命的合理性,还作为革命历史小说叙事完整的必要逻辑起点,构成了苦难记忆对于革命历史小说的结构性作用。接下来要论证的是,苦难记忆虽然受到了一定的"遮蔽",但它也同样存在于"十七年"革命历史小说中,只是并没有被大肆渲染和作为主要部分来描写。所以,苦难记忆的存在,最终走向是被"克服"或超越。克服的方式分为多种,比如:在阶级对立的敌我双方之间,敌人不值得丝毫怜悯,从而完成暴力、苦难从群众到敌人的转移;把苦难尽量冲淡,在苦难中表现田园风光或者主人公的烂漫美好的性格来转移读者注意力;在苦难记忆的深重和英雄品格的崇高这对范畴之内,这苦难是针对英雄,或者英雄们(共产党员们)而设置的,苦难一般作为革命者的历练场。对苦难记忆的克服,同时也是一种遗忘。遗忘也是苦难记忆的一种方式,它被"十七年"革命历史小说经常采用。这也是苦难记忆赋予"十七年"革命历史叙事的魅力所在。

第三章讨论"十七年"革命历史小说中民族记忆的另一种呈现方式:战争记忆,在上一章民族记忆与叙事时间、民族记忆与情感认同的功能考察的基础之上,以《林海雪原》《红旗谱》等文本为中心具体考察"十七年"革命历史叙事中战争记忆的转化以及美学呈现。本章首先讨论了传统战争到现代战争的转化。聚焦于"十七年"文学中的战争题材小说,会发现传统文学中的战争小说的叙事特征的转化是文学作品经典化的必要条件,也就为典型作品如何获得官方和民间的认同提供解释。以《林海雪原》为例,可以发现"十七年"革命历史小说中对战争的描写,显然受到了传统文学对战争描写方法的影响,但同时在现代革命的历史背景下完成了某种现代转化。然后考察了战争中的仪式操演,认为把仪式的操演作为战争记忆的一种继承方式,直接联系了群众的情感认同,对于其具有的情感凝聚力量、认同力量会做出更合理的解释。文本外的读者群众与小说人物共同参与了仪式的操演,战争记忆在读者心里完成经典化并扎根。仪式的符号象征性,同时向读者群众演绎了一个光明的未来,这种感召力量是不可估量的。最后,有战争存在,必然产生英雄,战争里的英雄记忆在这一时期的革命历史小说中占据重要位置。从无名英雄史观入手,再到英雄的净化和神化,从而完成了英雄在革命历史小说中的现代转化。

第四章主要讨论"十七年"小说中的伦理和情感记忆。"十七年"时期的小说生产的题材除了革命历史小说,反映农业合作化的小说(我们称之为"合作化小说")也是重要的一部分,这类作品同样反映了记忆的延续性以及复杂的情感联系,将合作化运动从一种外部实践转化为农民的内在意识革新,展示了一连串正在发生的历史事件是如何被记忆的。如果说革命历史小说是为刚刚过去的战争历史"盖棺定论",那么合作化小说则是对当时正在发生的轰轰烈烈的农业合作化"著史立说",甚至对未来具有一定的预见性。可以说,合作化小说记录了民族的现代化转型在整个时间线即"过去—现在—未来"上的记忆编码,并且体现了记忆的另一属性——延伸向未来的想象,这是记忆的活性,也关乎文学为何而记忆这一本质问题。本章首先抓住几个点说明合作化小说引进民族记忆研究的必要性,比如合作意识的传承、乡村文化网络的断裂、延续和现代转化等,进而发现传统乡村的文化网络如何顽强地隐现并与国家政治不断产生互动。重新去探讨农民几千年来沉淀下来的伦理、情感如何参与到了合作化叙事之中,对于挖掘"十七年"合作化小说自身的审美自足性以及在整个社会主义文化社会网络中定位"十七年"合作化小说至关重要。伦理记忆是深藏在农民身上并在新的时代环境下发挥出巨大能量的一种民族记忆。合作化小说中是不是存在一种农民本身的言说?不管农民被赋予什么样的新质,他们必然的与几千年的传统形成的、经历了"五四"新文学洗礼的、解放区文学进一步改造的关于农民本身的民族记忆相联系。而存在于农村或者农民身上的伦理记忆则最能体现这一记忆的存在及其作用。

本章认为"十七年"合作化小说中,很重要一点便是乡村伦理的政治转化,它的存在是小说结构、小说美学生成的必不可缺的部分。首先,是伦理中等级秩序的隐现和转化,除了包括农民身上隐现的官民等级、必要的当家人治理秩序等或隐现或凸显出来之外，还存在另一种愚昧的官僚等级秩序，具体体现在地、富坏分子身上。关于伦理等级的民族记忆深深地渗透在社会主义改造和建设运动中，这种隐现的等级秩序在经历现代的转化后，对于合作化小说已经变得不可或缺。接下来讨论的是家庭伦理的旧梦与新质。"十七年"合作化小说基本上打破了"家"这个单位对于人物故事发生场所的束缚，完成了故事场所从"家"到"村庄"的单位转换。小说主要不是讲一个家庭的变化，家庭并不能独立成为叙事的单位，它必定从属于某个团体或者阶层，可以看作是村庄中的家庭，这不同于传统的家族叙事。从"家族"小说到"集体"小说（村庄，即表征的是国家），通过这一变化，家庭中的伦理也相应地在继承传统的基础上发生了现代转化。首先，婚恋关系在合作化小说中继承获得了新质；其次，类似的乡村伦理的转化还体现在父子关系上。新的乡村伦理秩序的想象与重构，在继承并改造传统伦理之后，增添了很多新质，使"十七年"合作化小说呈现了一个几千年未遇之新农村。这种新的农村的想象性创造正是对几千年来对于伦理的记忆的革新与现代转化的结果。除却我们常常归结的"一切为政治服务"的老生常谈，这种转化并没有使复杂的乡村伦理淹没在惨烈的阶级叙事下面，反而正是这样的对旧伦理的继承与改造才使小说读起来更具审美特征，更能呈现出复杂而真实的历史中的社会主义新的乡村及其改造过程中产生的喜怒哀乐。正是通过民族记忆的研究视角，我们所看到的是社会主义建设的勇气，是实践几千年合作梦想的质的突破与尝试。

　　本章最后考察农民对于土地的一种情感记忆，试图在批评家普遍认为的"文学为政治服务"标准上实现一次突围，通过分析"十七年"合作化小说，发掘出任何强势的力量都无法遮蔽掉的那个时代知识分子关于农民和土地关系的狂想曲。农民对土地的情感记忆成为二者关系最具有触感和活力的纽带,通过对此种情感记忆的分析,找寻解读"十七年"合作化小说的另一种途径,进一步去发现合作化小说内部如何存在着不被政治掌控的另一种自足性,而这种自足性又自觉地与政治话语之间形成了一种可贵的张力。农民的恋地情感经历了从 20 世纪二三十年代忧思的哀伤情绪到"十七年"合作化小说的欢腾,并体现出这种欢腾,然后通过这种情感记忆的变迁,我们发现农民群体正是在政治的支持下重新获得了尊严,重新挺直了腰板。这不得不说是"十七年"合作化小说对于农民的新的创造,是作者关于尊严的想象性塑造,从而具有思想史上的重大意义。"十七年"合作化小说体现了关于土地想象力的一次欢腾,这种欢腾不仅是情感意义上的欢腾,更是一种想象力的大爆发。农民对于土地的情感变化始终是小说叙述目的实现的最终旨归,只有通过土地情感这条底线,才能实现作者想要达到的叙述目的。这样,农民就具有了作家的审美对象和政治传播对象的双重身份,从而具有了一种自足的美的可能。

第五章考察"十七年"文学中的"审美记忆"。"审美记忆"并非与苦难记忆、战争记忆、农民对土地的情感记忆、伦理记忆等属于一个序列,它可能更体现在一些形式上的作用,但又并不能完全用形式去概括。"十七年"小说对它的重构主要体现在连续性上,并赋予其新的革命历史内容,所谓"旧瓶装新酒",它对民族记忆的重构起到重要作用。"十七年"小说充满了对于中国传统文学形式的借鉴,比如对于原型、母题和结构题材等的创造性应用。这些文学形式经过长久的变迁传递下来,依然具有被激活的潜力,它们积淀了丰厚的中华民族的民族情感、审美习惯等,我们暂且称它们为"审美记忆"。第一,关于原型的应用,借鉴学者王光东的说法,把原型理论引介到中国现当代文学领域,他提出"民间原型"理论:"概括地说,民间原型就是在民间文学作品中不断反复出现的意象、人物、主题、结构、想象等叙事因素,并在不同时期的文学作品中能够发现他们相互之间的意义联系。"[①]考察了"才子—佳人"人物配置的原型、英雄成长原型、"拥刘反曹"道德模式化的原型,可以发现原型的应用一方面强调对于这种文学原型的传承,另一方面则是内容的变迁。从古典小说到"五四"时期的小说,再到"十七年"革命历史小说,原型应用到不同时期的文学作品之中,其具体内涵也发生了巨大变化。第二,关于评书体的应用,以赵树理的《灵泉洞》为例,评书体在"十七年"小说中所表现出来的几个特征及其被赋予的新特点,比如:评书体讲求故事的完整性,所有的故事从头讲起,对人物的背景、故事发生的环境都要有所交代;评书体讲究"有话则长,无话则短",这样就保证了情节的连贯性、完整性;评书体的应用还表现在"扣子"的灵巧使用上。把革命历史用这种形式讲出来,传输给广大读者群众,这使得评书体这种被现代转化的"审美记忆"参与了民族记忆的重构,对于民族国家的想象与国民身份认同、政权合法性的确认都起了巨大作用。第三,关于"史传意识"在"十七年"小说中的隐现。时代要求"十七年"长篇小说在一定程度上承担历史书写的任务,为民族国家已经发生的历史和正在进行的事业撰书立说成为这一代作者们的动力所在。而所谓的"史传意识"必然存在于他们的小说创作之中。其特点体现有以下几点:一是具有囊括一段历史,对社会历史的变化做全景式记录的雄心;二是充满浪漫精神的写实手法;三是明显的现代转

---

① 王光东、陈小碧:《民间原型与新时期以来的小说创作——1976 年至 2009 年文学与民间文化关系研究》,桂林:广西师范大学出版社 2012 年版,第 9 页。

化——"美丑必露的审美原则"几乎被放弃使用。当评论家将目光集中在"集体化"本身或者对"十七年"时期的创作作出批判之时,都并未关注作品中流变的史传意识,但是在家族小说、历史小说再度兴起的今天,比如新历史小说的创作、历史演义的再现、历史题材影视剧的热播等文化现象,使得对史传意识的研究必会再次进入我们的视野。第四,关于"十七年"小说的通俗性。通俗性是"十七年"小说与传统小说一脉相承的重要接续,"十七年"小说在艺术形式上的借鉴是这一时期小说创作的重要特点。郑振铎在《中国俗文学史》中对俗文学及通俗性的界定,对当下仍有重要的启发意义。把通俗性特点放在"延安文艺座谈会上的讲话"以来确立的普及与提高的历史脉络中考察,我们发现通俗性恰恰是普及大众,即大众化的要求,文本特点与政策要求达成了高度统一。关于传奇性塑造、评书体借鉴等在前文中均有所论述,本章主要集中在"群众创作"的特点上展开论述。

# 第一章
# 民族记忆视角的引入

## 第一节 "十七年"革命历史小说的研究状况

"当代文学"概念的出现不仅仅是以"1949年"与"现代文学"做断代的区分,同时还是使文学的历史叙述高度规范化的步骤之一。虽然"当代文学"概念与"现代文学"的概念实际上产生于同一历史时期,并依据同样的历史理念、建立在同样的对中国历史的时段划分的基础上,但"当代文学"高于"现代文学"的等级制也是从概念诞生时就规定了的。① 这也就决定了"十七年"中出现的长篇小说从一开始就受到了高于新中国成立前小说的总体待遇。但是由于没有形成必要的历史距离,大量出现的革命历史叙事小说并没能及时地被文学史所系统地研究。虽然,20世纪60年代出现了最早的当代文学史,最重要的有两本:一本是华中师范大学中

---

① 温儒敏、贺桂梅:《中国现当代文学学科概要》,北京:北京大学出版社2005年版,第145—147页。

国语言文学系编写的《中国当代文学史稿》,于1962年出版;另一本是山东大学中文系中国当代文学史编写组编写的《中国当代文学史(1949—1959)》上、下册,于1960年出版,但是这其中带有强烈的实验性质,对于建国以来创作的革命历史叙事小说并没能做令人满意的介绍,以至于这两本文学史在当时以及在20世纪80年代很少被人提及。① 而产生影响较大的研究则来自以周扬、邵荃麟等为代表的左翼文艺工作者的评论文章。他们大多身居要职,是当时文艺政策方针的制定者和执行者,也是党在文艺界的"代言人"。他们对于当下产生的革命历史叙事小说的评说,目的是为构建富有"新质"的"社会主义文学"寻找立论依据。在他们看来,文学批评"并不是一种人格化、个性化或'科学化'的作品解读,也主要不是一种鉴赏活动,而是一种体现政治意图的政治和艺术裁决","一方面,它用来支持、赞扬那些符合文学'规范'的作家作品;另一方面,则对不同程度地表现离异、'叛逆'倾向的作家作品提出警告,加以批评、批判"。② 这期间对于革命历史小说的主要评价基本上呈现出强烈的"文艺服务于政治"的倾向,虽然文艺界的各种争论和批判活动表征着这一时期文艺思想的多层面的复杂性,但"一体化"趋势仍是对这一时期最恰当的表述。这一时期对于革命历史小说的评价基本上被后来的文学研究者当作和小说本身共生共存的史料看待,成为研究者佐证自己研究观点的经典文本。

20世纪80年代初期,对于"十七年"文学的研究有一个拨乱反正和再次反转的过程。首先,"文革"结束初期,《"柳青现象"的

---

① 温儒敏、贺桂梅等:《中国现当代文学学科概要》,北京:北京大学出版社2005年版。
② 洪子诚:《当代文学概说》,桂林:广西教育出版社2000年版,第75—76页。转引自曾令存:《"'十七年'文学"研究与"历史叙述"的重构》,《海南师范学院学报(社会科学版)》2003年第2期。

启示——重评长篇小说〈创业史〉》①一文的出现,对"文革"时期"文艺黑线论"进行了反拨,研究者对"十七年"长篇小说进行重评,革命历史小说重新回到了人民的阅读和批评视野。但是,这一时期仍然延续的是"十七年"时期文艺批评者的思路,大致是从作品外部环境对作品进行评价,在方法论、视野上并没有新的突破。随着80年代"新启蒙"运动②的展开和对"十七年"政治生活的反思,"十七年"文学,尤其是革命历史小说渐渐淡出读者和研究者的视野。"十七年"作品被当作没有审美艺术性的政治附属物。1949年到1966年间评价文学的价值标准受到了强烈的质疑。比如,《建国以来农村题材小说的再认识》③一文就"再认识"和"再评价"的方法原则提出思考,质疑文艺服务政治的标准。作者用"真实性"的标准对曾经被当作经典的小说,尤其是革命历史小说祛魅,其实是把"十七年"长篇革命历史小说拉下神坛。整个80年代对于"十七年"革命历史叙事的祛魅,另一个表现是这个时期的文学研究对其选择性忽视,这一时期基本上没有出现关于研究"十七年"小说的专著,显得比较沉寂。

大量出现对"十七年"文学的重新解读,并出现系统研究小说中的革命历史叙事的专著是90年代以后。首先是两部文学史对于革命历史叙事的定位。一是洪子诚的《中国当代文学史》④。他认为革命历史小说"主要讲述'革命'起源的故事,讲述在经历了曲折的过程之后,如何最终走向胜利"。洪子诚在这本文学史中基本

---

① 宋炳辉:《"柳青现象"的启示——重评长篇小说〈创业史〉》,《上海文论》1988年第4期。
② 新启蒙运动主要是在李泽厚、刘再复等人的推动下而展开,尤其是李泽厚的《启蒙与救亡的双重变奏》一文影响极大。
③ 刘思谦:《对建国以来农村题材小说的再认识》,《文学评论》1983年第2、3期。
④ 洪子诚:《中国当代文学史》,北京:北京大学出版社1999年版。

上坚持"一体化"①和"价值中立"的立场,考察小说中的革命历史小说"不是对这些现象的评判,即不是将创作和文学问题从特定的历史环境中抽取出来,按照编写者所信奉的尺度(政治的、伦理的、审美的)做出臧否,而是努力将问题'放回'到'历史语境'中去审查,……以增加我们'靠近''历史'的可能性"②。作者在文学史写作过程中,"面对的是两个不同的文学史系列,两种思想文学评价系统。一个是五十年代开始确立的文学史叙事,在很大程度上它把当代文学史讲述为左翼文学史,并把'当代文学'看作是比'现代文学'更高一级的文学形态。另一种出现在八十年代,他不断削弱'左翼文学'的文学史地位,在'多元'和'文学性'的框架中,来凸显被原先的'激进叙事'所掩盖的部分"③。洪子诚基本上把以前大致的两种文学史写作方法考虑在内,试图完成某种文学史写作上的改善与超越。文学史中对革命历史小说的考察方法,对 90 年代的研究提供了一定意义上的方法论的指导。另一本当代文学史是陈思和主编的《中国当代文学史教程》,这部文学史与洪子诚的"一体化"论述不同,善于分析"十七年"文学的多层面。陈思和对"一体化"的研究只注重主流意识形态话语的决定作用不满,提出了国家权力意识形态、知识分子现实战斗精神以及大众民间文化形态三足鼎立的文学史版图。在讲述革命历史叙事部分时,创造了"战争文化心理""民间""隐形结构"④等概念。具体到小说中的战争

---

① 洪子诚在《当代文学的"一体化"》(选自《文学与历史叙述》,河南大学出版社 2005 年版)一文中对于"一体化"的形成和特征有详细叙述,它考察"十七年"文学的环境与生成机制的互动,连接"五四"文学、20 世纪 30 年代左翼文学与 20 世纪 40 年代解放区文学,详细梳理了一体化的具体历史脉络。
② 洪子诚:《中国当代文学史》,北京:北京大学出版社 1999 年版,第 5 页。
③ 洪子诚:《与李杨就当代文学史写作及相关问题的通信》,《文学评论》2002 年第 3 期。
④ 陈思和:《中国当代文学史教程》,上海:复旦大学出版社 1999 年版。

历史叙事文本分析时,该文学史注重文学的审美分析,比如民间资源、传统故事原型的采纳,并视这些因素为小说普遍流传、广受好评的主要原因。虽然受到了一些学者的质疑(比如李杨、昌切等人),但是陈思和的这本文学史教程还是在"十七年"文学研究中确立了独特的意义。另外,丁帆的《"十七年"——"人"与"自我"的失落》①追求"主体论批评"的风格,从"人的文学"预设出发,揭示"十七年"文学是如何压抑和扼杀人的"主体性"的,在这个意义上,这部文学史显示出非常激进的姿态:"'十七年'文学史是文学主体性意义上的非文学史。"这实际上包含对"十七年"革命历史小说的否定,没有以历史研究的同情目光进入历史,风格比较独特。

真正意义上第一部研究"十七年"小说中革命历史小说的专著是黄子平的《"灰阑"中的叙述》②。黄子平首次对"革命历史小说"命名:"'革命历史小说'是我对中国大陆 1950 年至 1970 年生产的一大批作品的'文学史'命名。这些作品在既定的意识形态规限内讲述既定的历史题材,以达成既定的意识形态目的:它们承担了将刚刚过去的'革命历史'经典化的功能,讲述革命的起源神话、英雄传奇和终极承诺,以维系当代国人的大希望和大恐惧,证明当代现实的合理性,通过全国范围内的讲述和阅读实践,构建国人在这革命所建立的新秩序中的主体意识。"③"'革命历史小说',在当代中国的文学史话语中,专指 1942 年《在延安文艺座谈会上的讲话》以后创作的,以 1921 年中共建党至 1949 年中华人民共和国建立这段历史为题材的小说作品。"④黄子平显然更关心的是这段革命

---

① 丁帆、王世诚:《"十七年"——"人"与"自我"的失落》,郑州:河南大学出版社 1999 年版。
② 黄子平:《"灰阑"中的叙述》,上海:上海人民出版社 2001 年版。
③ 黄子平:《"灰阑"中的叙述》,上海:上海人民出版社 2001 年版,前言。
④ 黄子平:《"灰阑"中的叙述》,上海:上海人民出版社 2001 年版,第 20 页。

历史如何被讲述,"文学形式与革命、政治之间的互动关系,是本书想一再加以探讨的课题"①。这本书对革命、历史、叙述的功能进行了现代性意义上的详尽的考察,比如,关于线性时间观、身体、性、"病"的隐喻、神话宗教叙事等功能意义的讲述贯穿了整篇论述,向读者展开"革命历史现实"如何一步步扼杀掉"革命历史小说",具有很大的启发性。

与黄子平"结构—功能"式的考察相比,将现代性、新历史主义、知识谱系学、结构主义和后结构主义等西方理论引入"十七年"文学研究方面,也有诸多学者做出了尝试。这一类著作包括:唐小兵主编的《再解读——大众文艺与意识形态》②、李杨的《抗争宿命之路:"社会主义现实主义"(1942—1976)研究》③《50—70 年代中国文学经典再解读》④、程光炜的《文学想象与文学国家——"社会主义现实主义研究"(1949—1976)》⑤、董之林的《"旧梦新知"——"十七年"小说论稿》⑥、蓝爱国的《解构"十七年"》⑦、蔡翔的《革命/叙述:中国社会主义文学—文化想象(1949—1966)》⑧、

---

① 黄子平:《"灰阑"中的叙述》,上海:上海人民出版社 2001 年版,前言。
② 唐小兵主编的《再解读——大众文艺与意识形态》由北京大学出版社 2007 年再版。书中收录了孟悦的《〈白毛女〉的演变的启示》、贺桂梅的《赵树理文学的现代性》、戴锦华的《〈青春之歌〉——历史视域中的重读》《〈红旗谱〉——一座意识形态浮桥》等对于"十七年"小说的革命历史叙事的重读。
③ 李杨:《抗争宿命之路:"社会主义现实主义"(1942—1976)研究》,长春:时代文艺出版社 1993 年版。
④ 李杨:《50—70 年代中国文学经典再解读》,济南:山东教育出版社 2003 年版。
⑤ 程光炜:《文学想象与文学国家——"社会主义现实主义研究"(1949—1976)》,郑州:河南大学出版社 2005 年版。
⑥ 董之林:《"旧梦新知"——"十七年"小说论稿》,桂林:广西师范大学出版社 2004 年版。
⑦ 蓝爱国:《解构"十七年"》,上海:华东师范大学出版社 2003 年版。
⑧ 蔡翔:《革命/叙述:中国社会主义文学—文化想象(1949—1966)》,北京:北京大学出版社 2010 年版。

王光东的《朴素之约》①等,这些专著中都专门设有部分章节对"十七年"的革命历史叙事做了讨论,不乏新的开拓。

蓝爱国的《解构"十七年"》按照现代性、日常生活、物质话语三个理论范畴来"解构"整个"十七年"文学,采取每篇经典重读的章节安排方式结构全书。作者把革命当作中国社会现代化的一环,从现代性的角度重新返归革命年代,从而"深入历史内部发掘革命的起源、动力学、话语规则、价值立场、理想形式和生活哲学,使革命的基因序列和生态景观'原生态'地自我呈现"②。比如书中涉及革命对"侠"文化的改造,结合陈思和"民间"思路对通俗文学叙述类型的考察,传统"兵"英雄的"国民价值"等,是再解读"十七年"革命历史叙事的一种有益尝试。

程光炜对"十七年"革命英雄叙事的考察同样是在现代性的思路下进行,《文学想象与文学国家——"社会主义现实主义研究"(1949—1976)》一书主要特点是详细梳理了农民、知识分子、英雄、反面人物这几类形象是如何在民族国家构建中被政治塑造、书写的。政治意识形态是决定文学想象和文学国家的关键所在,而民间、传统等可能自足存在的资源与政治意识形态的互动则不是本书考察的重点。这是程光炜对于革命历史小说的基本态度。③

李杨考察了革命历史小说的发展过程,以《林海雪原》为代表的革命通俗小说还没有进入现代小说的序列,而这一判断标准采用的是能否称为"成长小说"。如果说革命通俗小说还可以被看作"传统"与革命的蜜月期,那么到了现代的"成长小说",革命对小说的改

---

① 王光东:《朴素之约》,济南:山东文艺出版社2004年版。
② 蓝爱国:《解构"十七年"》,上海:华东师范大学出版社2003年版,导论,第27页。
③ 参见程光炜:《文学想象与文学国家——"社会主义现实主义研究"(1949—1976)》。

造和压制越来越明显,家族复仇被改写为阶级斗争,革命道德化趋势成为惯例。但以《红旗谱》为代表的"成长小说"始终存在着"田园诗"和现代性的矛盾纠缠,随着不断革命的历史进程的发展,必然会产生更激进的文体形式变革。这就产生了《红岩》的身体书写革命,性、身体感觉、情爱全部被剔除,小说进一步"纯净化"。最后,发展到了"文革"时期样板戏纯粹的"政治直接美学化"。李杨在这本书中坚持了一种"由内而外"的研究方法,"选择从'文学自身'进入'历史',而不是在'历史'或'政治'的环境讨论文学,并不是要从文学的'外部研究'回到以'文学性'为目标、进行形式和结构上的技术分析的'内部研究',这是一种仿佛颠倒了'由外及内'的社会历史批评的'由内及外'的方式,——不是研究'历史'中的'文本',而是研究'文本'中的'历史',或者说,关注的不是'历史'如何控制和生产'文本'的过程,而是'文本'如何'生产''历史'和'意识形态'的过程。用王德威的话来说,是看小说如何提供了特定时代的人们想象'中国'和'自我'的方式"①。这种解读方法对 80 年代形成的对于"十七年"文学关于政治控制文学的启蒙视角下的解读方式形成了一定的反拨,对于观察"十七年"文学中革命历史叙事的功能尤其重要。

蔡翔的《革命/叙述:中国社会主义文学—文化想象(1949—1966)》也有专门介绍"十七年"革命历史叙事的章节。作者关注的"不仅是'革命通俗文学'为什么会成为'国家主流文学',同时,也想进一步讨论,这一重述历史的意义究竟何在,以及为什么这一革命历史的重述会以'通俗化'的形式表现出来"②。作者

---

① 李杨:《50—70 年代中国文学经典再解读》,济南:山东教育出版社 2006 年版,后记。
② 蔡翔:《革命/叙述:中国社会主义文学－文化想象(1949—1966)》,北京:北京大学出版社 2010 年版,第 167—168 页。

在接下来的论述中回答了这一问题：首先，"革命通俗文学"是当代文学在"五四"新文艺和传统文学乃至民间文化之间企图重建自己主体性的某种尝试；其次，"革命通俗小说"对于历史的重新叙述，它满足了民族国家起源"神话"的想象性需要，为国家政权合法性提供了依据。同时，作者指出，"革命通俗小说"很快表现出与国家政治或者国家现代性某种不甚适应的地方，这也就造成当代文学史上革命历史压制并批判革命历史叙述的一次次运动。

另外，21世纪以来，出现了一批专著，以及一些高校的硕士论文、博士论文对"十七年"小说中的革命历史叙事做了专门研究，具有代表性的有：杨厚军的《革命历史图景与民族国家想象——新中国革命历史长篇小说再解读》[1]、金进的《革命历史的合法性论证——1949—1966年中国文学中的革命历史书写》[2]、郭剑敏的《中国当代红色叙事的生成机制研究——基于1949—1966年革命历史小说的文本考察》[3]、罗兴萍的《民间英雄叙事与"十七年"英雄叙事小说》[4]、赖晓伟的《革命历史小说论》（江西师范大学2011年硕士论文）、李娴的《"十七年"革命历史叙事的浪漫性》（福建师范大学2012年硕士论文）、曾一果的《革命·历史·人——关于"十七年"长篇小说的历史叙事》（苏州大学2001年硕士论文）、秦良杰的《个人与历史——"十七年"长篇小说一个角度的研究》（苏

---

[1] 杨厚军：《革命历史图景与民族国家想象——新中国革命历史长篇小说再解读》，武汉：湖北教育出版社2005年版。
[2] 金进：《革命历史的合法性论证——1949—1966年中国文学中的革命历史书写》，郑州：河南大学出版社2011年版。
[3] 郭剑敏：《中国当代红色叙事的生成机制研究——基于1949—1966年革命历史小说的文本考察》，北京：中国社会科学出版社2010年版。
[4] 罗兴萍：《民间英雄叙事与"十七年"英雄叙事小说》，桂林：广西师范大学出版社2012年版。

州大学 2011 年硕士论文)、陈灵强的《十七年"革命历史叙事"生成与建构研究》(福建师范大学 2011 年博士论文)等,另外论述"十七年"革命历史叙事主题的期刊文章也大量存在,比较有代表性的有:陈晓明的《建国初文学中的革命历史叙事》[①]、南帆的《历史叙事:长篇小说的坐标》[②]、路文彬的《重写历史:民族/国家权利认同的实践——中国建国初期小说历史叙事论之一》[③]等。

  关于"十七年"革命历史小说的研究,自唐小兵提出"再解读"方法以来,早已突破 80 年代比较僵化的"十七年"革命历史小说研究模式,并逐渐形成了各具特色的有益的方法尝试。程光炜、李杨、兰爱国等人用"现代性"、新历史主义等研究方法重新建构革命历史叙事,追求"价值中立"的立场,企图重返历史现场,实现"十七年"文学与其他年代文学的平等对话;黄子平、蔡翔等则尝试对"十七年"文学进行再解读,重现"十七年"历史现实的复杂"生态"环境,回答革命历史叙事为何存在、怎样生成等比较本源性的问题,同时对革命历史叙事的政治历史含义的复杂内涵作了解读,最后论证的是革命历史现实如何压制革命历史叙事,甚至走向了社会主义革命历史叙事的危机;洪子诚、陈思和等把"十七年"文学重新学科化,在文学史中确立其位置。其中洪子诚关注"十七年"文学与文学外部环境是怎样完成互动,并逐渐确立自身的文学规范,最终达到"一体化"。陈思和则注重考察文学文本的内部多样性,提出"民间""隐形写作""战争文化心理"等新的概念,推动了革命历史叙事的内部的丰富性考察,同时对于政治意识形态之外审美因

---

[①] 陈晓明:《建国初文学中的革命历史叙事》,《艺术评论》2009 年第 10 期。
[②] 南帆:《历史叙事:长篇小说的坐标》,《文学评论》1999 年第 3 期。
[③] 路文彬:《重写历史:民族/国家权利认同的实践——中国建国初期小说历史叙事论之一》,《东方论坛》2005 年第 1 期。

素的挖掘,也有一定的独特性①。郭剑敏、金进、陈灵强、杨厚军等人则把研究重点放在革命历史叙事的生成机制上,考察革命历史的叙述动因、意义旨归、叙述特点等,进而走向民族国家的想象和革命历史叙事的关系考察,从而论证革命历史的合法性。

## 第二节　对"十七年"革命历史小说中的民族记忆的相关研究

"民族记忆"理论作为一个在国内比较新颖的引进理论,还没有系统规范地运用到"十七年"小说研究之中。目前一些涉及记忆或者记忆理论的研究专著、论文大都未能规范地加以运用。"记忆"只是作为"历史记忆"或者"民族记忆"的一个后缀,或者作为一种修辞,并未能作为一种独立的力量参与到革命历史叙事的研究之中。

只有极少数国内学者(就目前能查到资料的仅仅只有一位)尝试把记忆理论引入到中国现当代文学的研究,比如陈全黎的《在历史与记忆之间:文学记忆史的建构》②。文章把历史和文学作为记忆的两种不同的传承方式,并提出一个新的理论范式——"文学记忆史",回答为什么记忆、记忆什么、怎样记忆的问题。同时,对于记忆的选择性、记忆的权利等级、记忆的传承方式与文学研究做了

---

① 另外,王光东、罗兴萍等人的著作在陈思和"民间"的理念方面做了深入探讨。王光东在"十七年"民间叙事的研究方面自成系统,近些年又对于民间原型的领域有所突破。罗兴萍则具体从民间英雄叙事角度对"十七年"英雄叙事小说做了深入的文本分析,对于文本的深入开掘与审美呈现做出了贡献。
② 陈全黎:《在历史与记忆之间:文学记忆史的建构》,《当代文坛》2011年第5期。

有益的结合尝试,比如借助记忆理论研究作家的创伤性记忆等。卢永和的《集体记忆与文学经典的影像改编》①,则尝试利用集体记忆理论解释影像改编在当代流行的原因。

另外,还有一些学者在论述革命历史叙事过程中的某一部分引入了民族记忆,比如杨厚军的《革命历史图景与民族国家想象——新中国革命历史长篇小说再解读》一书中,第一章提到了民族记忆的重构,但没有展开论述,同样不能体现出民族记忆在革命历史小说研究中的位置。

## 第三节 民族记忆研究视角

中国新文学产生于民族危机的背景之下,新文学的发展成果本身就构成民族记忆的材料。新文化运动以来,文学在一个不断革新的轨迹上前进。不管是五四新文学,还是30年代左翼文学、40年代解放区文学,再到"十七年"小说,文学不断表现出与前一个时期不同的新特点。这些新特点的出现,与政治干预、战争局势等外部历史因素有着直接的关联。然而,与新特点不断出现并行不悖的是对于先前存在的文学内部因素的不断继承和转化。如若把之前存在的文学称之为"文学传统",那么这个文学传统作为一种情感、审美积淀等,已然成为眼下文学创作所自觉或不自觉借鉴的民族记忆,构成割不断的文本关联。尤其在新中国建立以后,承载社会主义文化记忆的"十七年"文学,不可能不继承之前的文化传统,并在其基础上创造新质。

---

① 卢永和:《集体记忆与文学经典的影像改编》,《电影文学》2011年第16期。

这种民族记忆内含于当下创作的情况很早就进入了研究者的视野。陈平原在研究中国传统文学的创造性转化时,主张把晚清和"五四"两代作家放在一起论述。在强调他们共同完成了中国文学整体格局转变时,并非只是为了晚清作家抱不平,而是因为离开这一代人的努力,"五四"作家的成功就很容易被误解为只是欧美文学的移植。[①] 这从一个侧面可以窥见,在"五四"文学全力张开怀抱吸收欧美文学的养料时,我们很容易忽视自己民族传统对我们文学创作的影响。当然,那个时代还有废名、周作人,甚至鲁迅等一大批新文化倡导者在自觉或不自觉地进行着对传统文化营养的吸收。到了20世纪三四十年代的关于民族形式的论争,在论争中尽管有各种争执,但是民族形式讨论对于反对文学过于欧化、脱离大众的倾向基本上达成共识,对于民间文学形式,甚至传统文学形式的借鉴开始受到关注,文学创作也对此种倾向开始有了自觉。

新中国正是从燃烧着熊熊战火的革命中,一路披荆斩棘,最终浴火重生。然而,那段让全国人民惊心动魄的辉煌斗争史已经以新中国的成立为标志终结,如何讲述这段革命历史,成为当时的作家所面临的一个问题。已经有学者指出:"当我们把过去称为'历史'的时候,我们已经用一种话语组织了过去——我们是在叙事。在这种叙事中,过去并不是单独存在的,过去是现在与未来的起点,也就是说,在叙事中,过去——历史具有了'意义'。"[②]也就是说,过去并不能单独存在,只有在过去或现在这一对范畴中才有意义。而对于过去的讲述必须面对民族记忆,正是由民族记忆连接

---

① 陈平原:《传统文学的创造性转化——二十世纪中国文学研究随想》,选自吴宏聪编:《中国现代文学与民族文化》,北京:首都师范大学出版社1994年版。
② 李杨:《抗争宿命之路》,长春:时代文艺出版社1993年版。

现实与广袤的过去。如果从民族记忆重构的角度考察革命历史叙事,那么它是如何连接现实和过去的?

"十七年"小说中的革命历史叙事除了作家本人的叙事动机之外,被称为政治意识形态代言人的权威文艺批评家们所制定的文艺政策也起到了极大的作用。周扬在《新的人民的文艺》中,已经表现出对革命历史小说有所期望:

> 革命战争快要结束,反映人民战争,甚至反映抗日战争,是否已经成为过去,不再需要了呢?不,时代的步子走得太快了,它已经远远走在我们前头了,我们必须追上去。假如说,在全国战争正在激烈进行的时候,有资格记录这个伟大战争场面的作者,今天也许还在火线上战斗,他还顾不上写,那末,现在正是时候了,全国人民迫切地希望看到描写这个战争的第一部、第二部以及许多部的伟大作品!它们将要不断写出指战员的勇敢,而且要写出他们的智慧、他们的战术思想,要写出毛主席的军事思想如何在人民军队中贯彻,这将成为中国人民解放斗争历史的最有价值的艺术的记载。①

我们发现,"十七年"小说的完成并不是历史的原样重现,其实本来就没有纯粹的历史复现。对于革命历史的构建是受到强大的"现在"的意识形态规定的。而这种以"现在"的意识形态规约的特征正是民族记忆重构的核心体现。哈布瓦赫认为,集体记忆是一

---

① 周扬:《新的人民的文艺》,选自王尧、林建法主编,郭冰茹编选:《中国当代文学批评大系:一九四九—二〇〇九(卷一)》,苏州:苏州大学出版社2012年版,第14页。

种社会构建,这种社会构建如果不是全部,那么也是主要由现在的关注所形塑的。① 小说构建了关于过去、现在、未来完整的时间谱系,使革命历史叙事服务于民族国家历史构建的功能得以实现。

通过民族记忆重构的角度我们已经论证,革命历史叙事是以"现在"的意识形态规约为核心,通过"现在"对过去的形塑来完成的,形成一套完整的过去、现在、未来逻辑流畅的时间观来组织叙事。然而,读者对于历史的情感认同并不能仅仅通过革命历史叙事的完整而获得,如此,接下来需要论证的是,革命历史叙事如何获得读者群体的情感认同?

记忆与情感具有天然的血缘关系,不具有情感因素的往事,不可能长久存在于记忆之中,更不可能上升为民族记忆的形式。或者我们可以说,民族记忆要与个人发生关系,必须首先要触动个人记忆之中的情感,个人才可能完成对民族记忆的认同。正如雅克·勒高夫所言:"记忆是构成所谓个人或集体身份的一个基本要素,寻求身份也是当今社会以及个体们的一项基本活动,人们为之狂热或者为之焦虑。"②狂热或者焦虑都是记忆的情感要素,如果不存在这种情感要素,记忆便不会存在。王晓葵在调查参加抗日战争的日本老兵时发现,虽然他们对战争有种本能的厌恶,但是他们无法接受在战争中死去的战友是"犬死"的结论,正是记忆的情感因素影响着老兵们的认知。③ 在"十七年"革命历史叙事过程中,确立"现在"的合法性必然要包含人民群体的情感认同。这种情感的认同便是基于读者以往阅读中产生的情感经验的积累之

---

① [法]莫里斯·哈布瓦赫:《论集体记忆》,上海:上海人民出版社 2002 年版。
② [法]雅克·勒高夫:《历史与记忆》,北京:中国人民大学出版社 2010 年版,第 111 页。
③ 王晓葵:《"记忆"研究的可能性》,《学术月刊》2012 年第 7 期。

上,这样情感认同就来自文本之间的"互文性","前文本在后文本中的不断重复出现为互文性开辟了一个大后方——记忆空间。"①互文性概念的引入,启发我们认识到情感认同发生在民族记忆与当下文本的互动之中,也即民族记忆的重构过程当中。革命历史叙事想要获得情感认同必须处理好与"前文本"之间的关系,这样就促使我们从民族记忆的角度来考察读者群众是如何认同革命历史叙事的。

"十七年"小说继续沿着"延安时期"文学的经验道路前进,完成了对于"现在"这个时间观念的革命性改变。"五四"文学创立了一系列经典的文学形象,在这一系列创作出来的形象中充满了对于现实的不满。不管是闻一多对于现实是一片"死水""经不起半点涟漪"的隐喻,还是茅盾在《春蚕》中对于农民悲惨现实的描绘,表现出来的基本态度是对现实的不满与批判。而到了革命历史小说的创作中,"解放区的天,是明朗的天",文学创作对现实的态度发生了一百八十度大反转。"十七年"革命历史小说对于现实的态度和"五四"文学对于现实的态度构成了特定的记忆空间,"十七年"革命历史小说对于"现在"做出的价值判断正是以"五四"文学为对比参照的。这种反转体现了革命成功后,新时代获得合法性的一种隐喻。那么在小说中的"旧"或"新"这一对范畴,必然会形成一定的等级关系,并带有一定的情感色彩:"新"的一定好于"旧"的。周扬很早便有了对"新"的召唤:

> 现在中国人民经过了三十年的斗争,已经开始挣脱了帝

---

① [德]奥利弗·沙伊丁:《互文性》,选自阿斯特莉特·埃尔、冯亚琳主编:《文化记忆理论读本》,北京:北京大学出版社:2012年版,第262页。

国主义、封建主义所加在我们身上的精神枷锁,发展了中国民族固有的勤劳勇敢及其他一切的优良品性,新的国民性正在形成之中。我们的作品就反映着与推进着新的国民性的成长的过程。①

新的社会需要新的形象,这一定程度上满足着读者群众对于"新"的特殊好感,正是在"新"的意识形态感召下,新的"国民性"在小说和现实中处于同步形成中,群众对"新"的情感的认同与自我身份的确认也同步进行。

情感认同正是在与读者记忆中的阅读经验互动中产生,从而在阅读过程中重构了这一民族记忆。从民族记忆的角度看,正是通过叙事过程中世俗化和神圣化的结合而达到这种情感认同的。

1949年到1966年这"十七年"间的文学创作,是新中国成立后最初的文学尝试。具有这样特殊的历史坐标,"十七年"文学继续以毛泽东《在延安文艺座谈会上的讲话》为纲领,参与到民族国家建设的辉煌历程中。正如陈顺馨在《1962:夹缝中的生存》中所言:"任何一个新兴民族国家的建立,都需要借助叙述来争夺话语权和历史阐释权,这可以通过以资料为基础的历史书写和文件记录得以完成,但更有效的途径莫过于通过虚构的革命历史小说和反映一个大时代到来的社会建设小说,因为以文学形式出现的文本更贴近群众的阅读习惯,更容易达到'化大众'的效果。"②作家们和文艺政策制定者们都注重通过小说形式对刚刚过去的这段革

---

① 周扬:《新的人民的文艺》,选自王尧、林建法主编,郭冰茹编选:《中国当代文学批评大系:一九四九—二〇〇九(卷一)》,苏州:苏州大学出版社2012年版,第13页。
② 陈顺馨:《1962:夹缝中的生存》,济南:山东教育出版社2002年版,第6—7页。

命历史进行重构叙述,以此达到国民身份的认同和共和国历史合法化与合理化的论证。长篇小说中的革命历史叙事成为共和国"史诗"构建过程中的重要部分,而革命历史叙事小说从生命诞生的那个年代,就吸引了大量的研究者的注意。这一期间出版的涉及革命历史叙述的小说有:马烽和西戎的《吕梁英雄传》(1949)、孔厥和袁静的《新儿女英雄传》(1949)、徐光耀的《平原烈火》(1950)、柳青的《铜墙铁壁》(1951)、杜鹏程的《保卫延安》(1954)、知侠的《铁道游击队》(1954)、高云览的《小城春秋》(1956)、吴强的《红日》(1957)、曲波的《林海雪原》(1957)、梁斌的《红旗谱》(1957)、杨沫的《青春之歌》(1958)、雪克的《战斗的青春》(1958)、李英儒的《野火春风斗古城》(1958)、刘流的《烈火金刚》(1958)、冯志的《敌后武工队》(1958)、冯德英的《苦菜花》(1958)、欧阳山的《三家巷》(1959)、李晓明和韩庆安的《平原枪声》(1959)、罗广斌和杨益言的《红岩》(1961)、孙犁的《风云初记》(1963)等。

# 第二章
## "十七年"小说中的苦难记忆①

新中国成立初期,通过文学叙述来重构战争以来满目疮痍的集体记忆,从而让民族集体对历史有一个相对集中的认识,有助于建立规范有序的新中国秩序。哈布瓦赫在论述集体记忆时,指出任何社会秩序下的参与者都必须具有一个共同记忆,对于过去社会的记忆在何等程度上有分歧,其成员就在何种程度上不能共享经验或者设想。也就是说,对于现存秩序的认同,对于政权合法化的确认离不开共享一套民族记忆。

战争过去不久,参与战争的一代和战后出生的一代在对于苦难的认知上亟须达成大体共识,也就是所谓不忘历史,做社会主义革命的接班人。新中国作家的叙述被赋予重要使命,带给一代人无尽苦难的战争年代该如何被书写以重塑历史记忆?这就成了新中国作家必须要处理的问题。

新中国成立后,在全国社会主义建设的高潮中,"忆苦思甜"的

---

① 之所以把苦难记忆单独成章讨论,是因为虽然战争中充满了苦难,但是苦难并不等于战争。战争记忆与苦难记忆有一部分重叠,但是苦难记忆中有很大一部分不被战争记忆包含,包括战争前农民被压迫的苦难记忆等。所以,虽然战争中有苦难,但是战争主要也是苦难的一种解决方式。为了突出苦难记忆的独特性,特设专章呈现。

辩证思维便普遍存在。1963年5月8日,毛泽东在对东北、河南两地的批示中最早提出忆苦思甜的思路,具体指"用讲村史、家史、社史、厂史的方法教育青年群众这件事,是普遍可行的。此后,各级各类学校普遍开展了访贫问苦,请'三老'(老贫农、老工人、老红军)作忆苦思甜报告,通过社会调查写村史、家史、社史、厂史等活动,向学生进行阶级和阶级斗争的教育"①。这就是历史上出现的忆苦思甜运动。其实早在50年代后期的革命历史叙事题材的长篇小说,甚至更早的文学创作中,这种"忆苦思甜"的思维模式已经隐现于其中。

陈思和在《当代文学观念中的战争文化心理》一文中曾经指出"十七年"革命历史小说之中的战争文化心理,主要包括以下三点:一是"明确的目的性和功利性,文学宣传职能与文学真实性的冲突";二是"二分法思维习惯被滥用,文学创作出现各种雷同化的模式";三是"英雄主义和乐观主义基调的确立,社会主义悲剧被取消。"②陈思和通过对革命历史小说的整体性考察,从而得出英雄主义和乐观主义是主要基调,概括很精准。但是,如果我们尝试着去观察"忆苦思甜"这种思维模式在革命历史小说中的应用,苦难记忆的存在并不与整体性的乐观基调相矛盾,它构成了人民反抗旧生活的动力,也就是革命历史叙事的源头。从这个角度考察,苦难记忆的书写,实际上构成了英雄主义和乐观主义的逻辑起点。

苦难记忆的书写不管是对于"十七年"革命历史叙事逻辑的完整性,还是对民族国家情感的认同的构成,都具有重大作用,这也

---

① 马齐彬、陈文彬等主编:《中国共产党执政四十年(1949—1989)》,北京:中共党史资料出版社1989年版,第233页。
② 陈思和:《当代文学观念中的战争文化心理》,选自《陈思和自选集》,桂林:广西师范大学出版社1997年版,第190—195页。

是研究苦难记忆的重要性所在。本章主要考察"十七年"革命历史小说中苦难记忆的构成,以及苦难记忆的表达方式,从而进一步论证苦难记忆对于"十七年"革命历史叙事的作用。

## 第一节 被"遮蔽"的苦难

邵荃麟在《文学十年历程》中总结新中国建立以来十年文学的创作状况时,不无骄傲地宣布:

> 不论是现代生活或过去革命战争以及其他历史题材的描写,绝大多数作品所表现出来的思想情感是和当前的革命情绪紧密相连的,充满了革命英雄主义色彩的。革命英雄主义——这是十年来我国文学上一个主要的基调,和过去三十年间的作品更着重于对反动统治压迫的暴露、批判和抗议,显然是有所不同了。那个时期文学中所创造的形象,更多的是受迫害与反抗迫害的农民、城市贫民与知识分子的形象或地主、资产阶级的反面人物,而现在我们作品占主要地位的,则是那些光辉灿烂的革命英雄形象和正面人物了。被读者欢迎的也是这些英雄形象。①

如陈思和的研究所示,当时的文学基本上是与现实的革命情绪紧密相连的,苦难不可能成为当时革命历史小说的重要题材。

---

① 邵荃麟:《文学十年历程》,《文艺报》1959 年第 9 期,选自王尧、林建法主编,郭冰茹编选:《中国当代文学批评大系:一九四九—二〇〇九(卷一)》,苏州:苏州大学出版社 2012 年版,第 576 页。

然而,苦难记忆却并不矛盾地存在于当时以革命英雄主义和乐观主义为基调的小说中,它虽然没能作为一种独立的整体被表现——在这个意义上被"遮蔽"了——但是基本上存在于每一篇反映革命战争的长篇小说之中。

《苦菜花》的楔子就是在讲一个故事发展所处的苦难的背景:

> 这样一代一代经过了许多年岁,才在笔直的巉岩上,开垦出和罗丝纹似的一块一垅的土地。这土地是人们的血汗浸泡而成的!这堤堰是人们的骨头堆砌起来的!
>
> 人们传统的像牛马一样的劳动着。赤着双脚,在荒芜嶙峋的山峦上,踏出一条条崎岖的小道。他们用麻袋将粪料一袋一袋扛到地里,用泥罐子提水,浇灌着青苗。这一切都是和浑浊的血汗交融着进行的呀!在漫长的岁月里,孩子很少能见到父亲。因为当他还在睡梦中时,父亲就起身顶着满天星星上山去了,赶晚上父亲伴随着月亮的阴影回来,那时候,抓了一天泥的孩子,早又紧紧地闭上了困乏的小眼睛。可是劳动所得的果实,却要大部送给主人,因为这山是人家的呀!
>
> 长期痛苦生活的磨难和有权势人的不断迫害,使这些贫苦的人们具有一种能忍受任何不幸的忍耐力,他们相信该穷该富是命运注定的,自己是没有力量也没有权力来改变的。他们像绵羊一样驯服,像豆腐一样任人摆布。①

农民世世代代的苦难在抗战前夕的背景下被集中呈现出来,这种苦难呈现的方式可以说是在20世纪30年代左翼文学的基础

---

① 冯德英:《苦菜花》,沈阳:春风文艺出版社2003年版,第3页。

上发展而来的。比如,叶圣陶的《多收了三五斗》中,多收不如少收的状况,与引文中提到的"可是劳动所得的果实,却要大部分送给主人,因为这山是人家的呀"都基本上反映了农民被剥削的苦难处境。然而,《苦菜花》与《多收了三五斗》不同之处,在于其反映这苦难记忆的目的在于制造鲜明的阶级对抗,从而赋予剥削阶级以道德上的非法性。比如娟子和母亲的一段对话:

"妈,你说说,咱们穷人为什么这样苦呢?"娟子望着母亲问,像是好不平似的。
"那是咱的命不好呀!"母亲不在意地愁恹恹地答道。
"妈,这不对。妈,你再说穷人多财主多?"
"那还用问,自然是穷人多。咱村不也是吗?"
"那为什么多数人要受少数人的欺呢?"
母亲随便支吾了几句。她不明白,女儿为什么提出这些很少有人问的事。
更使母亲难忘的,有一天晚上,娟子深夜回来,没一点睡意,脸上流露出少有的喜色,凑近母亲耳旁,悄声说:
"妈,你说像王唯一这样的人,该杀不该杀?"
母亲对女儿这个问话感到很惊讶,可是一想起往事,使她顾不得去管女儿为什么这样问,只是愁苦地叹口气说:
"那么你大爷一家是该死的吗?唉,会有那么一天?!"
"妈,会有。会来到的!"娟子很有把握地说。
母亲想前想后,心里有些明白,可又有些糊涂。她不自觉地又抬眼望望女儿去的地方,那儿是一望无际的在秋风中翻腾的山草和树木,一点别的动静也没有。她像为女儿的事放了心,可又像有一种更大的不安情绪在压迫着她,使她觉得心里更加沉重了。

　　母亲看看天,天上大块的白云,在慢慢聚集起来,转变成黑色。一阵秋风从山头刮来,刮得那谷叶儿和母亲的头发一起飘拂起来。

　　母亲全身一阵紧张,她预感到,一场暴风雨就要降临了。①

保存在母亲身上的苦难记忆被呈现出来,最终导向了革命,由姜永泉和娟子等完成了对王唯一的复仇。这种苦难记忆基本上位于革命历史小说的开始部分,从苦难开始讲起,然后是对苦难的抗争,在经历自发的盲目抗争失败后,农民终于找到了革命的组织,最后走向彻底的翻身解放。另外,故事讲述的过程之中,小说中间部分对于共产党员的出身做一种历史回眸时,大都是一种苦难记忆的呈现,比如《林海雪原》中的杨子荣的长工身份等。由此可见,苦难记忆是所有革命历史小说叙事的起点,进而为革命战争提供了合法性和逻辑起点。这就是书写苦难记忆的一个重要原因。

苦难记忆的另一种呈现方式是群众诉苦,一般出现在对于地主恶霸的审判中。《苦菜花》中,在姜永泉领导的队伍捕获王唯一后,在群众中对王唯一开了公审大会。大会经由姜永泉引导,引起了群众对于王唯一的控诉:

　　(娟子)"王唯一! 你还记得两年前的事吗?"他又朝向人群,人们被警醒似地抬起了头。

　　"乡亲们! 你们都还记得,俺大爷一家三口是怎么死的,

---

①　冯德英:《苦菜花》,沈阳:春风文艺出版社2003年版,第9—10页。

我爹如今下落不明……"

人群中开始骚动。他们——这些质朴的农人,怎能忘记同类的命运呢!娟子的叙述像熔炉里的铁流,嘀嗒在每个人的心上。他们联想到自己的不幸,同情和苦难的热泪,从愤怒的眼睛里,泉水般地涌出来。女人都哭出声来了。①

一个60多岁的老太太,疯了似的向台子扑去,诉说着王唯一对于她的儿媳妇的戕害和糟蹋,"人们都大声地诉着苦。苦啊苦啊!他们的苦楚是诉不完的!辈辈世世的眼泪是流不干的!"②在诉苦的仪式中,人们把积聚在心里的苦难全部归结到地主恶霸头上。如果说,诉苦运动也可以看作一种共产党团结群众、争取民心、动员人们抗战的方式,那么,这个目的基本上达到了。另外,娟子妈通过诉苦活动,由先前的害怕子女参军,到最后自愿送自己的子女去参军,而且被大儿子的牺牲"深深地激励着",我们可以发现,这其中完成了群众对于抗争的情感变化,群众已经达到了对于抗争的深刻认同。这就是苦难记忆的另一种呈现方式。

进一步挖掘"十七年"小说里的苦难记忆可以发现,通过苦难记忆的描写,革命话语建构起农民想象的共同体,这个共同体以共享过去的苦难回忆为前提。由此,通过共享一套苦难的记忆,即拥有对于苦难过去共同的情感模式,阶级叙事得以完成。反过来,这一套完整的逻辑进一步左右着农民个人情感的认同方式。苦难记忆并没有作为一个自足的美学形态呈现,或许正如陈晓明所言,"苦难不再是目的,不再是生活的绝对本质,它只是手段,只是一个

---

① 冯德英:《苦菜花》,沈阳:春风文艺出版社2003年版,第36页。
② 冯德英:《苦菜花》,沈阳:春风文艺出版社2003年版,第38页。

侧面,尽管它总是以各种方式被反复渲染、强调,但其最终的目的是为了反衬党领导人民战斗到底的坚强意志和英雄主义。所有的苦难终究都要被克服,都要为无产阶级革命事业的光芒所照亮"①。苦难记忆的存在是为了论证冰火两重天的过去和现在,借此突出"现在"的正面价值。不仅如此,苦难记忆还是革命历史小说叙事的必要逻辑起点,它在革命历史小说的创作中起着重要的结构性作用。

## 第二节　苦难记忆的"克服"

苦难记忆的呈现有一个"度"的拿捏,不能在小说全篇之中被过分地渲染,否则就与英雄主义和乐观主义的基调相矛盾。比如,侯金镜在评价《林海雪原》时,就提到了《林海雪原》存在着"客观主义"的缺点,"杉岚站人民被劫匪劫掠后的场景,也有客观主义的气息。过细地描写了匪徒们怎样杀人,尸体形状的可怕,在读者感情上所引起的恐怖多于仇恨,而恐怖是不能从积极方面给人以影响的"②。

所以,在苦难记忆的表达方式上,并不是苦难描写得越惨烈,越意味着文学作品创作的成功。上文已经对苦难记忆的结构性作用作了分析,在"十七年"革命历史小说中,苦难记忆虽然受到了一定的"遮蔽",但是它仍然存在于作品创作过程中,并且最终被"克

---

① 陈晓明:《表意的焦虑——历史祛魅与当代文学变革》,北京:中央编译出版社2003年版第408页。
② 侯金镜:《一部引人入胜的长篇小说——读〈林海雪原〉》,选自王尧、林建法主编,郭冰茹编选:《中国当代文学批评大系:一九四九—二〇〇九(卷一)》,苏州:苏州大学出版社2012年版,第473页。

服"或超越。

"克服"的方式之一是在阶级对立的敌我双方设置上，敌人不值得丝毫怜悯，从而完成暴力、苦难从群众到敌人的转移。前文已经提到，《林海雪原》对于群众被杀害的血腥暴力场景的呈现，并没有获得读者和评论家的认可。然而，在一场战争中有时候不得不表现出那种血腥和苦难，这样，作者们便想出了对苦难对象的转移。当作者的笔触涉及群众的苦难场景时，都是满含深情，赋予这苦难以崇高的情感；然而，当涉及反动派被我军围剿制服时，大都会极力渲染这围剿的过程，从而毫不避讳地展现出敌人所受的"苦难"，甚至这被渲染的苦难之中常常带有戏谑的成分，让读者在拥有复仇的快感时，不忘发笑。《苦菜花》在描写七子和妻子被敌人杀害的过程时，毫不吝啬笔墨（笔者所参考的版本，作者足足用了六页纸去表现），七子的血被描写成山泉那样美。在这期间他们真挚的爱情、对党的忠诚等情感被集中呈现出来，让这种牺牲具有了一种悲壮美，完成了一场牺牲仪式。与之相对的是在描写对反动派的围剿或者反动派之间的内讧时，则应用了充满快感且略显戏谑的语言去表现。比如：

> 王队长一看自己的老婆身上压着一个鬼子，一股火气冲上来，他立刻蹿上去，用手枪照鬼子头上猛烈刨去。枪筒大半插进那干萝卜似的脑壳里，白淬淬的脑浆，喷了王竹和女人一身。鬼子像一根木头一样滚到炕上。①

然后，紧接着写郭麻子心怀鬼胎，与王竹争吵，简直就是跳梁

---

① 冯德英：《苦菜花》，沈阳：春风文艺出版社 2003 年版，第 95 页。

小丑。作者把血腥的场面转移到对敌人的围剿上,且不乏嘲笑,令读者心生快感。欢愉的阅读体验中,关于战争中苦难记忆的重构得以进行。

另一种苦难记忆的"克服"方式是把苦难尽量冲淡,在苦难中表现田园风光或者主人公烂漫美好的性格以转移读者注意力,典型的代表是孙犁的创作。《风云初记》与其他的革命历史小说很不一样的地方在于,它具有其他小说不具备的一种可爱的美感。类似"他思想着,身边的草上已经汪着深夜的露水,高翔的小女儿打着哈欠在她爷爷的怀里睡着了"①这样的段落充满着小说全篇。主人公春儿便是一个散发出烂漫美好性格的女性,在抗战初期这样一个充满苦难的特殊阶段,读者从春儿的身上,感觉不到丝毫痛苦的心情。比如,在执行任务的艰苦环境下,作者这样表现春儿:

> 春儿有些急,一有风吹草动,就仄着耳朵听。她听见通通的响声,在她身边的一棵大白杨树上,有一只啄木鸟儿展开花丽的翅膀。春儿脱了鞋,光着脚儿爬到树上去,坐在树杈上瞭望,把手榴弹掏出来,插在啄木鸟的窝洞儿上。②
>
> 她的身影和天上的星月,一同映进碧绿的水流。③

再比如,通过春儿的眼睛看到庄稼被日本人糟蹋:

> 汽车在道沟旁边的正在扬花的麦地里走,密密的小麦扑

---

① 孙犁:《风云初记》,长春:时代文艺出版社 2010 年版,第 17 页。
② 孙犁:《风云初记》,长春:时代文艺出版社 2010 年版,第 91 页。
③ 孙犁:《风云初记》,长春:时代文艺出版社 2010 年版,第 131 页。

倒了,在汽车后面留下了一条长长的委屈痛苦的痕迹。①

把手榴弹插在啄木鸟的窝洞儿上,庄稼上留下委屈痛苦的痕迹,苦难在春儿的身边都变得可爱起来,读者并没有因为这种苦难岁月而感到狰狞可怕。这是多么可爱的一个姑娘,充满苦难的战争岁月并没有消磨掉春儿身上那种烂漫可爱。

这种苦难的呈现方式在短篇小说等其他体裁作品中可以找到共同点,比如茹志鹃的《百合花》、刘真的《长长的流水》,可以说是一脉相承的。这种表现方式,赋予苦难记忆更多的功能,它不仅作为革命的动力去呈现,更重要的是苦难记忆更多地与个人的体悟、世俗的情感结合在了一起,丰富了革命战争描写中复杂的一面。

苦难记忆的克服方式的第三种,具体体现在苦难记忆的深重和英雄品格的崇高这对范畴之内,这苦难是针对英雄,或者英雄们(共产党员们)而设置的。苦难一般作为革命者的历练场。在《红岩》里,许云峰面对徐鹏飞的酷刑时说:

> 人民革命的胜利,是要千万人的牺牲去换取的!为了胜利而承担这种牺牲,是我们共产党人最大的骄傲和愉快!②

再比如《苦菜花》中,王竹一伙伪军对娟子母亲进行审问,老虎凳、绳子、杠子、砖头、皮鞭、熊熊的火盆、烙铁等各种刑具令人毛骨悚然。娟子母亲尝尽了各种痛苦,但最终以不屈的坚韧占据了精神上的高处。

---

① 孙犁:《风云初记》,长春:时代文艺出版社 2010 年版,第 95 页。
② 罗广斌、杨益言:《红岩》,北京:中国青年出版社 2000 年版,第 160 页。

> 我说,你们这些狗强盗的末日快到啦!你们鬼子爹快完蛋了!你们这些杀人精,我有一口气也饶不了你们……①

英雄人物通过这种肉体上的痛苦历练,一次次确认自己的崇高理想。在胜利面前,"牺牲"是必须存在的,这样才能凸显胜利的来之不易与胜利到来的合法性。刘小枫曾说:"按照历史理性主义的主张,历史的发展是以历史中的个体的牺牲为代价的。似乎,只要历史进步了,历史发展中出现的邪恶和不义就是无疚的,无数无辜个人的苦难、不幸就是微不足道的。"②苦难再一次被当作"微不足道"的内容呈现出来,苦难支撑的或者通过苦难去表现的只是一种崇高的精神,而正是这种精神里蕴含了走向胜利的真谛。最终,通过对于未来的乐观性想象,苦难记忆得以克服。

对苦难记忆的克服,同时也是一种"遗忘"。"遗忘"也是苦难记忆的一种方式,它在"十七年"革命历史小说中经常被采用。作家们不去写秋收起义、不去写早期各种失败的抗争,这都是作家对素材筛选的结果,都是"遗忘"的方式。而革命历史小说中苦难记忆的描写也并不是被大量呈现出来的,苦难记忆必须被克服、被超越,才能参与到英雄主义和乐观主义的叙事中去。从苦难中走出来,但又时刻"忆苦",方能认同当下的合法性,同时共同想象一个美好的未来。正如苦菜花的隐喻一样:"苦菜的根虽苦,开出的花儿,却是香的","想让苦菜见着阳光,快些长成熟,开出金黄色的花朵来"③,这也是苦难记忆赋予"十七年"革命历史叙事的魅力所在。

---

① 冯德英:《苦菜花》,沈阳:春风文艺出版社2003年版,第261—262页。
② 刘小枫:《走向十字架的真》,上海:上海三联书店1995年版,第232页。
③ 冯德英:《苦菜花》,沈阳:春风文艺出版社2003年版,第144页。

## 第三节　记忆的溯源与重补

"狠心的恶霸冯兰池他要砸掉古钟了!"《红旗谱》在开篇用一句简单的街谈巷议为读者提供了各种关键词:恶霸、砸、古钟。"恶霸",或曰"土豪劣绅",作为一种再造的名词,成为了"十七年"长篇小说创作着重刻画的一个形象系列,在评论家的解读中也成为经典的"阶级"话语,似乎已经颠扑不破,进而通过阶级仇恨的塑造为革命取得最大的合法性。"砸",从动作的发出者来看,冯兰池作为一个乡绅恶霸,"砸"象征着对乡村伦理的一种破坏,如孟悦在解读《白毛女》中所认为的那样,正是取决于对于乡村伦理的维护还是破坏,决定了人民大众对于革命的支持与否。[①] "古钟"则隐喻着历史,或者说是一种民族记忆,它是"明朝嘉靖年间,滹沱河下梢四十八村,为修桥补堤"[②]而建,几百年传承下来,已经凝结为一种情感、一种记忆。

从以上对三个关键词的分析中,可以发现它们有一个共同点,它们之中都有一种对传统的再现,确切地说是一种"再造"。换句话说,它们在回答当下的历史问题时,都不得不面对民族记忆,甚至通过对民族记忆的改造利用以为今天所用。按照霍布斯鲍姆的说法,"就与历史意义重大的过去存在着联系而言,'被发明的'传统与历史意义重大的过去,联系大多是人为的。总之,他们采取参

---

① 孟悦:《〈白毛女〉演变的启示——兼论延安文艺的历史多质性》,选自唐小兵编《再解读:大众文艺与意识形态》,北京大学出版 2007 年版。
② 梁斌:《梁斌文集(第一卷)·红旗谱》,天津:百花文艺出版社 1986 年版,第 9 页。

照旧形式,或者是通过近乎强制性的重建来建立它们自己的过去"①,然而,去发现"被发明的"传统与历史传统的关系,也即历史传统如何被发明再造,这是需要关心的问题。民族记忆时刻参与着传统与当下的互动,又该如何解读民族记忆与历史这一互动过程呢?

"民族"作为近代产生的"民族国家"意义上的民族,它主要作为一个政治单位,它所负载的政治意义完全凌驾于其他公共责任之上。② 然而,民族作为一个"想象的共同体"③,历史传统又必须作为一种想象的来源(素材)合法存在,民族记忆的功能在此便凸显出来,它是"民族"建构不可或缺的必要因素。德国学者扬·阿斯曼首次提出"文化记忆"的概念,"文化记忆就是一个民族和国家的集体记忆力"。这里的文化记忆可置换为"民族记忆"的概念,同时他还区分了一般的社会记忆和一个民族或国家的文化记忆,他认为,民族记忆形成的关键环节在于文本和仪式的经典化。所谓经典化,就是普通的文本经过权威机构或人士的整理以后被确定为典范的过程,经典化的文本和仪式,一般不允许随便修改,其阐释权掌握在文化的最高统治阶层手中,对外则显示出某种神圣性。④ 在这个区分的基础上,一种关系呼之欲出,那就是一般性的社会记忆也是民族记忆产生的基础,即一般的社会记忆很可能经过某个过程演变为民族记忆。这个经典化的过程,或者说一般性的社会记忆如何转化为民族记忆,正是我们研究历史传统如何与

---

① [英]霍布斯鲍姆:《传统的发明》,南京:译林出版社2004年版。
② [英]霍布斯鲍姆:《民族与民族主义》,上海:上海人民出版社2006年版。
③ 参见本尼迪克特·安德森《想象的共同体》。
④ 王霄冰、迪木拉提·奥迈尔编:《文字、仪式、与文化记忆》,北京:民族出版社2007年版,第23页。

当下互动,如何被发明再造的关键所在。

《红旗谱》区别于其他"十七年"历史题材小说最大的特点在于,它截取的历史阶段是辛亥革命到全民族抗日战争前这段时间,也是中国共产党成立初期和成长期的阶段,作品中人物的成长与政党的成长构成一种同步性。革命的追根溯源就与人物或者是家族的历史联系到一起,构成一种别样的"家国同构"关系。作者的叙事策略也明显在此,作品中历史事件主要从两个家族①的对立中展开,也只有两个家族的人物参与了历史事件,历史才得以在小说中发展。这样正是由于作为历史的参与者,这些人物自然成了历史的主体。在这部长篇巨制中,浩浩荡荡的历史进程一步步发展,我们不禁要问:革命天然是合法的吗?或者说这些农民是天然的革命者吗?在毛泽东的论述框架中,首次突破马克思的论述,把农民纳入革命的群体力量中。但是农民作为一个小生产者,本身占有一定的生产要素,在这种生产要素能够维持生活时,农民不会自然去革命。只有农民的生产资料被革命对象占有之后,农民才会投入到革命中去。这个意义上农民显然不是天然的革命者,"燕赵多慷慨悲歌之士"的背后隐藏了种种原因。再回到《红旗谱》中来,探索农民革命的缘起,小说中至少追溯到了义和团运动,比如严老尚曾经当过义和团老大,朱老巩大闹野树林,反割头税运动……这一个个革命事件到底是在什么层面上被触发的?人们今天知道,种种革命行动是被统治者掌权之后赋予的命名,这其中必然经历一个命名的转换过程。比如,被推翻的阶级自然会以官方身份命名革命为"暴乱",而革命者需要为革命正名。如果从民族

---

① 朱老忠、严志和、朱老明等几家由于对抗冯兰池一家而团结在一起,可以看作一个家族。

记忆的角度讲,种种运动在没有被"经典化"之前,只是一些社会记忆散落在历史长河之中,我们甚至可以把陈胜吴广起义作为一个"革命"师祖去追溯。从微观上说,我们甚至可以把朱老巩之流的反抗看作是中国亿万乡村中的一个打群架事件。然而正是掌权者赋予这些运动以政治意义,或者说使其经典化成为一种民族记忆,我们才能称之为"革命"的源头。

那么,这个经典化的过程是怎样进行的?这可以称之为一个溯源的过程。《红旗谱》创作于1957年,梁斌勇于担负起重塑民族记忆的重担,他在以后的散文中提到写作的动机:"在这个时代中,一连串的事件感动了我,烈士们的形象激动了我。自此,我决心在文学领域内把他们的性格、形象,把他们的英勇行为,把这一连串震惊人心的历史事件写出来。"[1]如果借鉴扬·阿斯曼的说法,经典化的过程重要的是一个文本化的过程[2],那么可以说,梁斌正是完成了民族记忆转化的集成者。回到文本之中,我们发现朱、严两家经历了三代的传承,连接这三代的纽带除了血缘关系之外,最重要的便是对冯兰池一家为代表的乡绅恶霸的仇恨,是作为农民阶级被剥削的苦难。巧妙之处在于,梁斌很自然地把家族仇恨转化为阶级仇恨,这表现在一代一代的成长过程中。朱老巩和严老祥是自发地或者说江湖豪气促发地赤膊上阵,拿起铡刀拼命;朱老明等则采取对簿公堂、打官司的手段,这前两者都失败了。朱老忠和江涛等人找到了一个依托,这就是中国共产党,共产党教育他们组织起来,发动群众,于是有了反割头税的胜利。从这几代的斗争看,自然把阶级斗争(即由共产党领导发动群众)的合理性在与农

---

[1] 梁斌:《梁斌文集》第六卷《笔耕余录》,天津:百花文艺出版社1986年版,第228页。
[2] 参见《文化记忆理论读本》,北京:北京大学出版社2012年版。

民家族,甚至个人无组织性的仇恨斗争对比中表现出来。同样是斗争,阶级斗争不同于家族仇恨,可以进而转化为民族记忆。这也是为什么严志和虽然被当作一个地道的农民来塑造,比起朱老忠被美化的形象来说更能深入人心,更像是一个农民,这也是农民朴素的记忆在作怪。①

《红旗谱》在出版的当年,确切地说几乎在整个社会主义建设时期都受到了极大的追捧,因为它很好地履行了"文艺为政治服务"的"讲话"要求。到了新时期即"文革"结束之后,"十七年"的作品受欢迎程度大大降低,当年被作为经典供奉的"三红一创"集体被打入冷宫,而"人道主义"、先锋派的一些作品赢得了读者的芳心。而到了今天,情况又完全不一样了。从民族记忆的角度,我们可以找到很具启发性的原因。莫里斯·哈布瓦赫在《论集体记忆》一书中写到,记忆有一个重建的过程,过去只是为了保存那些每个时代的社会各自的相关框架下的能够重建的东西。因此,记忆是以依附于一个意义框架的方式被保存下来。这个框架是虚构的,记忆意味着赋予在框架内经历的东西以意义,遗忘则意味着框架的消解。② 由此我们发现,民族记忆处于一种不断变化的流动的过程中,随着社会处境的变化而不断变化。完全可以认为在今天,"十七年"、新时期的意义框架已经差不多被消解掉了,我们今天重提"十七年"的民族记忆就是要将其重新放在一个新的意义框架之内。扬·阿斯曼和阿莱达·阿斯曼也认为:"记忆的功能包括储存和重建,它是一种以编程和繁殖原则为基础的再生产,该原则使文

---

① 梁斌在《漫谈〈红旗谱〉的创作》一文中指出,严志和是被作为一个地道的农民形象来塑造的,而朱老忠身上脾气暴躁的缺点则被作者刻意抹掉了,就是为了塑造一个不掺杂任何杂质的走向革命的自为的农民形象。
② [法]莫里斯·哈布瓦赫:《论集体记忆》,上海:上海人民出版社2002年版。

化模式得以延续,这种形式储存保证了行为的可重复性,并因此赋予文化的再生产能力。"① 记忆的重建和储存功能使我们进一步认识到返归历史、修补民族记忆的重要性。

梁斌在写《红旗谱》时面对着大量丰富的历史素材,进入作品中的历史事件是经过精心选取的,或者是为经典化作储备的。我们就会发出这样的疑问:何种资源才能进入小说创作并有幸转化为民族记忆,而何种资源又被刻意地隐蔽掉? 在这可见与不可见的历史事件选取过程中,背后的操控力量到底是什么? 要寻找答案,我们不得不重回历史现场。《红旗谱》以苦难记忆和阶级斗争为两个主题,塑造英雄人物,来赋予历史以秩序,这就牵涉"三突出"创作原则。以朱老忠为代表的一批革命者作为英雄人物典型被重点突出,而未能塑造出更具复杂性的,反映历史转型期间种种矛盾的复杂人物。② 陈思和提出的潜在的"民间"自身的伦理、民间的因素③也是被批评者视而不见的,或者说只有与政治动员的结合才有意义。当然,这在社会主义中国建国初期,在为自身寻找历史合法性的层面上是必须要有的,问题是批评家的解读如果看不到这其中的林林总总对于文学发展的影响,这就不能对于民族记忆的重建提供始终不断的活力。④ 比如,"十七年"文学作品中关于乡土共同体的想象,在今天重新返回到民族记忆之中,并对今天乡土社区的重建提供了文化上的再生产的可能性。

---

① [德]阿斯特里特·埃尔,冯亚琳编:《文化记忆理论读本》,北京:北京大学出版社2012年版,第22页。
② 作品中的冯大狗算是一个,但冯大狗的转变显得生硬,没有中间的过渡,而且作为一个边缘人物也不具有代表性。
③ 见陈思和等著的《中国当代文学史教程》。
④ 当然社会的"价值同一性"是必须的,但是作为民族记忆素材储存的多种声音也是必须的,不至于因缺少牵制而走向一个极端。

另外,民族记忆对于文化主体性的塑造起到了至关重要的作用。文化主体性的获得也是一个不断重建民族记忆的过程。总之,在今天重提民族记忆与中国现当代文学的关系,对于重新解读中国现当代文学、重新进入历史来反观今天、塑造民族文化的主体性都至关重要。今天看来,回溯历史必然会涉及"十七年"这段峥嵘岁月,我们不能忽视这期间作为记忆重构重要方式的"革命历史小说"。民族记忆是以不断的流动性、重构性而存在的,今天我们的民族记忆也是要不断进行重构的。那么,如果参看我们曾有的这段大量重构民族记忆的历史,是不是大有必要呢?然而我们发现,今天盛行的新历史小说、红色影视剧大多规避历史的复杂性,或以欲望、或以人性重新组织历史,对当时的政治宏大叙事施以破碎性的遗忘,遗忘已经变为今天的一种常态。

# 第三章
## "十七年"小说中的战争记忆

从战争迈向和平,民族心理需要一个短暂的过渡期。历史状态的突然转变,不可避免地会带给人们内心上的不适应感,新中国成立之初的那段时期的心理状态在一定程度上可以称之为战时文化心理。哈布瓦赫在讨论社会积极地对传统进行转变时发现:"当社会自身经历一个转型过程时,确保社会制度和社会结构的基本方面在一段时间内维持稳定,或者至少看起来要安之若素地继续存在,是不无益处的","在社会成员到达这一点之前,只有新制度像旧制度那样拥有了同等的威望,他们才会将自身强加给社会成员;因此,这些新制度要变得巩固,并且多少掩盖在旧制度的面罩之下,需要时间。"① 新中国成立初期,人民对战争的记忆、对战争为主题的旧时代的记忆仍然历历在目。在此意义上,新中国的作家书写战争是对旧时代的追忆,也适应了民族集体对于战争年代回溯的心理需求,更是为了对新中国新制度的肯定和歌颂。

几千年来,尽管中华民族各种文明力量伴随着战争在华夏大地上

---

① [法]莫里斯·哈布瓦赫:《论集体记忆》,上海:上海人民出版社2002年版。第207—208页。

争斗与融合,但民族文化仍然能够顽强地不断相继传承,其中最明显的例子便是民族关于战争的记忆。新中国的作家们书写战争,内容上有亲身经历的回忆性个人书写,也有听人口述的记录性集体创造等,但形式上的选择却给新中国的作家带来了挑战。面对民族化和大众化的双重挑战,新中国作家不得不大量借鉴古代战争书写的方法。

现实政治的需要成了重塑过去记忆的依据,社会主义新时期英雄形象的塑造,也必然要从过去的战争中寻找原型。中国传统小说中英雄的塑造已经形成一套经典修辞,而充分汲取民族传统文学营养的新中国的作家们要从战争年代寻找英雄、重塑英雄,没有现成的新的模板可应用,他们必然参考传统文学的方法。由此,与传统文学的英雄塑造方法构成了前后继承与改造关系,这在他们的作品中表现得尤为明显。

民族记忆涉及一个民族国家的共同文化、价值评价、准则、情感、审美习惯等内容。它是某一民族集体认同的记忆形式,包括民族的情感记忆、战争记忆、苦难记忆等,包含民族群体共同的价值体系、行为准则、情感体验和审美经验,是区别不同民族的重要标准。民族记忆的构建少不了战争记忆的参与,发生在20世纪中国的革命战争是构成民族记忆的重要内容,例如关于万里长征、遵义会议、解放军攻占南京等都是深刻印在人们记忆之中的重要内容。本章以战争记忆为例,以《林海雪原》《红旗谱》等文本为中心,具体考察"十七年"革命历史叙事中战争记忆的转化以及美学呈现。

## 第一节　从传统战争到现代革命战争

中国是一个生产战争题材文学的大国,几千年来历朝历代的更迭,无不经由战争来完成。战争很自然就成为文学表现的重大题材,它和国家兴亡联系在一起,这与中国文学"载道"的传统是契合的。最早反映战争的文学作品应该是《山海经》,其中一篇《山海经·大荒北经》里所记的是中原黄帝部落与南方蚩尤部落之间的战争:

> 蚩尤作兵伐黄帝,黄帝乃令应龙攻之冀州之野。应龙畜水。蚩尤请风伯雨师,纵大风雨。黄帝乃下天女曰魃,雨止,遂杀蚩尤。①

然后再到《尚书》《春秋》《左传》《史记》《三国演义》等,战争成为史学家、文学家关注的问题。中国传统文学的战争题材大致是在治乱循环的史观下,其战争题材的创作思想或是提取前人经验以作为前车之鉴;或是反映战争的惨烈,以劝勉当权者休养生息,期望避免战乱;或是表达一种对历史的哲学思辨,如"天下大势,分久必合,合久必分";或是为了推广儒家"修身治国平天下"的道统,宣扬英雄人物决定论等。中国传统文学中丰富的战争题材构筑了古典文学璀璨的长廊,但这些战争文学都还不具备现代文学中的战争内涵。

20世纪20到40年代在中国发生了中国共产党领导的以推翻帝国主义、封建主义和官僚资本主义为目标的现代革命战争。② 现代的革命战争之所以具有现代性,最典型的特征便是矢

---

① 方韬注释:《山海经》,北京:中华书局2009年版。
② 现代革命战争一般认为是从1840年鸦片战争开始的,后来经历了辛亥革命等,一步步走向了中国共产党领导的革命战争。本文主要采取"左翼"文学传统下对于革命战争的认识,20世纪20年代,以蒋光慈的《短裤党》为代表的战争文学已经出现,因为不是本文要重点讨论的对象,所以在此不详细解读。

线时间观对于治乱循环的史观的取代,同时赋予了革命以阶级斗争的色彩。正如马克思在《共产党宣言》里所以说:"至今一切社会的历史都是阶级斗争的历史。"①毛泽东于 1927 年曾在《湖南农民运动考察报告》一文中对革命作出如下描述:

> 革命不是请客吃饭,不是做文章,不是绘画绣花,不能那样雅致,那样从容不迫,文质彬彬,那样温良恭俭让。革命是暴动,是一个阶级推翻一个阶级的暴烈的行动。②

从毛泽东这句话中,我们可以看出,现代革命依然是以战争这种充满暴力性、充满死亡的形式为主,革命不全是战争,但战争组成了革命非常重要的部分。这种对于革命战争的认识具体体现在作家的创作当中。1949 年之后,新中国的作家便担负起叙述这段革命战争的任务。

陈思和在《民间的沉浮——从抗战到"文革"文学史的一个解释》③一文中,提出"潜在结构"的概念,认为传统战争文学的一些"民间"叙事特点只能依附在主流意识形态的叙事之中,以潜隐的形态出现在文学作品中,主要是在审美上起作用。这种提法很具有启发性,它证明了传统的战争文学对"十七年"革命战争历史小说的创作产生了重要影响。最明显的一个例子就是《新儿女英雄传》在书名和内容上对于《儿女英雄传》的继承与创新④。换句话

---

① [德]马克思、恩格斯:《共产党宣言》,北京:人民出版社 1997 年版,第 16 页。
② 毛泽东:《毛泽东选集(第一卷)》,北京:人民文学出版社 1991 年版,第 3 页。
③ 陈思和:《民间的沉浮——从抗战到"文革"文学史的一个解释》,选自《陈思和自选集》,桂林:广西师范大学出版社 1997 年版,第 200 页。
④ 戴林芝在《承袭和创新——从〈儿女英雄传〉到〈新儿女英雄传〉》一文中对于二者的关系进行了初步考察。

说,革命历史的构建离不开传统的战争记忆,传统的战争记忆是完成革命历史小说战争记忆书写的重要参照。

曲波在《关于〈林海雪原〉》中提到:

> 我读过《钢铁是怎样炼成的》等文学名著,其中人物高尚的共产主义道德品质和革命英雄主义的气概曾深深地教育了我,他们使我陶醉在伟大的英雄气概里。但叫我讲给别人听,我只能讲个大概,讲个精神,或者只能意会而不能言传,可是叫我讲《三国演义》《水浒》《说岳全传》,我就可以像说评书一样地讲出来,甚至最好的章节我还可以背诵。①

曲波确实受到了古典文学的深刻影响。首先,体现在战争描写中的人物与情节的设置上。每当战争正义一方遭遇阻碍,故事讲述遇到阻滞时,总会出现给予"点化"的传奇人物形象。一小撮杀人不眨眼的匪徒利用天险,躲进了茫茫林海里,让少剑波领导的小分队行动遇到了阻碍:

> 老爷岭,老爷岭,
> 三千八百顶,
> 小顶无人到,
> 大顶没鸟鸣。②

就在小分队面对天险无计可施的时候,蘑菇老人出现了。"灯

---

① 曲波:《林海雪原》,北京:人民文学出版社1957年版,第526页。
② 曲波:《林海雪原》,北京:人民文学出版社1957年版,第78页。

光下看这老人,满头白发蓬蓬,一脸银丝胡子"①,一种仙风道骨的气质一下子就出来了。最后,正是经由这位蘑菇老人对奶头山地形的详细讲解,才把少剑波等人的迷津点破,最终取得胜利。这让我们很自然地想到了《西游记》这部神魔小说的故事构成。《西游记》第五十二回"悟空大闹金兜洞　如来暗示主人公"中,孙悟空除魔遇到障碍,便是受到了如来的点化,请了太上老君前来助阵:

> 大圣才欢欢喜喜,随着老君。老君执了芭蕉扇,驾着祥云同行。出了南天门,径至金兜山,见了罗汉众神,备言前事。老君道:"孙悟空还去诱他出来,我好收他。"这行者跳下峰头,又高声骂道:"泼业畜,趁早来受死!"那魔道:"这贼猴又不知请谁来也?"急绰枪带宝,迎出门来。行者骂道:"你这泼魔,今番坐定是死了!"那魔轮枪赶来。只听得高峰叫道:"那牛儿还不归家,更待何日?"那魔抬头,看见是太上老君,就唬得心惊胆战道:"这贼猴真是个地里鬼,却怎么就访的我的主人公来也?"老君念个咒语,将扇子搧了一下。那怪将圈子丢来,被老君一把接住。又一扇,那怪物力软筋疲,现了本相,原来是一只青牛……老君辞众神,跨上青牛背,驾彩云径归离恨天。②

作为神魔小说的《西游记》的传奇性自不必说,《林海雪原》关于奶头山的奇、怪、险大有相似的传奇性包含在里面。少剑波为首的小分队在完成任务时,与蘑菇老人早已分别,这与太上老君的"驾彩云径归离恨天"在布局上也完全相似。《林海雪原》对于《西

---

① 曲波:《林海雪原》,北京:人民文学出版社1957年版,第79页。
② 黄永年、黄寿成点校:《西游记》,北京:中华书局2005年版,第272页。

游记》等小说的借鉴,还表现在对战争环境的传奇性描写上,在此暂不展开。但是蘑菇老人身上多了些世俗性,身上背负着被压迫的潜意识里的阶级反抗意识,这都是蘑菇老人相对于传统神仙的现代转化。

另外,这一特征还体现在《林海雪原》套用了传统战争小说的故事结构。侯金镜在《一部引人入胜的长篇小说——读〈林海雪原〉》一文中早就有对小说结构的考察,"几个主要战斗故事当中交错着许多小故事",还能"花开三朵各表一枝",他认为这是"向《水浒传》《三国演义》去吸取东西"①。吴岩在《谈〈林海雪原〉》一文中,也认为《林海雪原》是对《三国演义》的结构的模仿,具体表现在"大故事套小故事"的方式运用②。也有学者通过考察作者曲波的知识谱系指出,他所受《三国演义》的影响,更多的是来自戏曲,也表现在"大故事套小故事"的结构上。③ 比如,在第二十六章《捉妖道》中,小分队在搞清楚宋宝森的真实嘴脸之后,于修缮堂将其捕获。按照故事的推进,本该很快过渡到下一个故事,但是,作者接着讲述了宋森宝的来历,以及对韩荣华的罪行,进而引出了韩荣华的故事,这是明显的"大故事套小故事"的结构方法。

然而,不管"十七年"革命历史叙事中的战争记忆受到中国传统战争小说的影响有多深,它身上表现出来的朝向现代转化的痕迹依然非常明显。比如,在英雄人物的表现方法上经历过多次争论。有的人强调英雄的成长过程,比如"现实生活中的矛盾不断发

---

① 侯金镜:《一部引人入胜的长篇小说——读〈林海雪原〉》,选自王尧、林建法主编:《中国当代文学批评大系(1949—2009)》,苏州:苏州大学出版社 2012 年版,第 473 页。
② 吴岩:《谈〈林海雪原〉》,上海:新文艺出版社 1958 年版,第 11 页。
③ 姚丹:《"革命中国"的通俗表征与主体建构:〈林海雪原〉及其衍生文本考察》,北京:北京大学出版社 2011 年版,第 28—29 页。

生、发展和转化的过程,就是英雄人物成长的过程,如果不能正确地描写现实生活的矛盾和斗争,那么新英雄人物的创造也便失去了现实的依据"①。还有人认为,"所以,我认为,我们的创作,今天不仅仅是要从'落后到转变'这样一个公式里脱拔出来,改变去写进步的人物,而是要创造新人的英雄形象"②。直到后来,英雄形象越来越净化,到了20世纪60年代,英雄人物形象的塑造基本上遵循着"三突出"的原则。《林海雪原》里面的英雄人物形象基本上符合陈荒煤所持的观点,少剑波作为主要的英雄人物,在小说基本上被一个代号"二〇三首长"作为称呼,这就有效地避免了少剑波作为一个普通肉身的人所普遍具有的缺点,小说中群众把少剑波称作"神人"天降。代号的另一个特点,是使少剑波完成了政治身份的转化,他是中国共产党在军队里的代言者、领导者。人物塑造的现代性,使少剑波为代表的小分队承担的战争任务完成了对古代战争的现代转化,从而重构了战争记忆。

## 第二节 战争记忆的传承方式

上一节已经论述了中国传统的战争小说作为作者记忆空间的"前文本"如何影响了"十七年"革命战争记忆的书写、且如何被革命历史小说改造并呈现进行。另外,我们注意到,小说描写的战争中存在的大量仪式操演,这些仪式操演也成为战争记忆的重要部

---

① 佘树生:《学习〈矛盾论〉,克服文艺创作和文艺理论中的偏向》,《文艺报》1952年第12期。
② 陈荒煤:《为创造新的英雄典型而努力》,《中国新文学大系1949—1976·文艺理论卷》,上海:上海文艺出版社1997年版,第74页。

分。本节主要讨论"十七年"革命历史小说中战争记忆如何通过仪式被传承,即小说中描绘的仪式如何影响了战争记忆的书写。

保罗·康纳顿在《社会如何记忆》一书中,曾借用卢克斯的定义对仪式做了比较系统的界定:"受规则支配的象征性活动,它使参加者注意他们认为有特殊意义的思想和感情对象。"接着他认为仪式具有以下三个特点:一是仪式具有规范性,倾向于程式化、陈规化和重复;二是仪式不仅仅是形式化的,他还有象征性;三是仪式具有渗透性,他能起到传递记忆的某种情感或思想。"十七年"革命历史小说中的战争记忆正是通过仪式的操演,才能够得以重构并完成战争记忆的传递。

重生仪式经常出现在"十七年"革命历史小说的战争记忆之中,它是战争记忆里非常具有特色的一种仪式。这里的"重生"并不是指人死而复生,而是指接受革命观念洗礼后,人顿时觉得生命充满了意义、有了前进方向的一种心理感受和行动变化,这在革命历史小说中非常常见。比如,《红旗谱》中江涛入团是作者极力渲染的一个仪式:

> (江涛)正在想着,有人在外面敲窗户,他想一定是有人开玩笑,想吓他一下。走出来一看,天黑下来了,贾老师在黑影里向他招手。他悄悄跟着贾老师走到他的宿舍,他问:"什么事?"
>
> 贾老师向他笑了笑,说:"你,人儿不大,倒有大人心情。阶级觉悟提高了,进步也很快,读书体会得也深,今天要给你举行个入团仪式。"
>
> 江涛听了,不知怎么好,不知道什么意思,他对着贾老师待了一会,忽地明白过来。贾老师对他说过,可以入团了!由

于过分喜悦,心在跳个不停。猛地又觉得呼吸短促。这时,满院子里静悄悄的,夏天的夜里,遥远的村落上传来一缕细细的笛声,他睁着眼睛听着。桌上的灯,冒出袅袅的焰苗,映在墙壁上,黄澄澄的。

贾老师从书橱里拿出一张红纸,铺在桌子上,拿出剪刀剪了一面旗,画上镰刀斧头,贴在墙上。说:"这鲜红的旗帜,是我们中国共产党的党旗!斧头和镰刀象征着工农联盟,表示工人和农民团结的力量。从今天起,你就是一个共产主义青年团的团员了。"又说,"一个赤色的战士,要尽一切力量保卫党,保卫无产阶级的利益……"

……

贾老师握住江涛的手,说:"孩子,举起你的拳头吧!"

江涛把手攥得紧紧,举到头顶上,随着贾老师一句句唱完了《国际歌》。①

入团、入党仪式夹在战争的描写中,是文本中战争记忆的一种重要操演仪式。江涛的入团仪式被作者描写得非常神圣,周围的环境都随着两人的心情变得圣洁,崇高的宣言和歌唱,使入团仪式在小说中显得异常具有魅力。江涛加入共青团在一定意义上完成了自己生命的蜕变,以前所有杂乱的、不甚明晰的反抗心情在这个仪式之后便有了明确的意义,他已经把生命和共产主义事业相连,或者说实现了人生意义上的"重生"。在《风云初记》所描绘春儿的入党仪式中,变吉专门为春儿精心准备了毛泽东的画像,然后对着毛主席的画像郑重地告白了春儿的出身、在抗战中的英勇表现和

---

① 梁斌:《红旗谱》,北京:中国青年出版社 1957 年版,第 182—183 页。

对党的工作的极大热情。更具有仪式象征意味的是,秋分从破旧的红油板箱中取出来那面染着鲜血的红旗,春儿对着红旗举起右手,有力地说:"我要做一个好的、忠诚的、积极斗争不怕牺牲的党员!"①仪式的流程非常完整,并没有因为战争环境的恶劣而简化,反而在这种强烈的对比中具有一种特殊的肃穆感,渲染出一种神圣的气氛,让读者读起来感觉身临其境。

重生仪式还具有一种形式,它是以肉身的死亡呈现的。《林海雪原》中高波的牺牲便是其中一例:

> 十八岁的高波,力杀了十九个匪徒,救出了几百个群众,呼出了他最后的一口气,与少剑波,小分队,与党永别了! 为革命贡献了他自己美丽的青春。
> 
> 大肚匣子挂在他的颈上,陪着他静卧在二道河子桥头。
> 
> 天上的星星俯首如泣! 林间的树木垂头致哀!

作者关于高波牺牲的描写具有典型性,可以说代表了"十七年"革命历史小说中正面英雄人物牺牲的写法。英雄的死亡是充满仪式的,比如,对于英雄死前英勇事迹的回顾、关于其死亡在党和革命意义上的升华、周围环境的圣洁化、天地对死亡的哀悼,等等。这种牺牲并没有象征着"结束",它同样是一种"重生"。小说中英雄的肉身死亡,精神却永远鲜活,个体生命的价值构成民族胜利的必要条件。高波的牺牲为革命事业往前推进做出了贡献,死得其所。

仪式是一种形式化的语言,仪式的操演实际上是某种语言的

---

① 孙犁:《风云初记》,北京:时代文艺出版社 2010 年版,第 118 页。

重复言说。① 通过这种反复言说,可以让被言说的对象获得重复再现的机会。入党、入团仪式的神圣性成为书中人物每每遇见重大事件时所回溯的对象。比如,《苦菜花》中七子的入党仪式等,在七子身负重伤之后,被姜永泉回忆起来:"姜永泉这时看着他,想起他入党时的情景。"②战争记忆中的这种仪式操演,使读者在阅读中亲历了一次次神圣的仪式,从而使小说表现出和英雄纪念碑一样的功能,完成了革命战争记忆被构建、被铭记和重生的任务。这样,被反复言说的仪式,同时使入党、牺牲等具有了强大的凝聚力,从而形成群体的一种共同体意识,这是形成对共和国历史认同的重要步骤。

革命带来了重生,革命领导者迅速被神圣化,它凝聚了读者最崇高的敬意。黄子平用宗教信仰来解释,认为战争中仪式的操演具有了宗教意义。③ 但是,用宗教解释总会受到某些质疑,它是不是适用于革命战争时代? 而把仪式的操演作为战争记忆的一种继承方式,直接联系群众的情感认同,对于其具有的情感凝聚力量、认同力量会做出更合适的解释。文本外的读者群众与小说人物共同参与了仪式的操演,战争记忆在读者心里完成经典化并扎根。④ 同时,仪式的符号象征性向读者群众演绎了一个光明的未来,这种感召力量是不可估量的。革命后仪式、纪念日等的重复操演,使记忆在当下的环境中一次次被重新点燃、修复,从而完成重构。

---

① 参见保罗·康纳顿:《社会如何记忆》,作者强调了仪式操演的重要性就在于形成某种认同。
② 冯德英:《苦菜花》,沈阳:春风文艺出版社 2003 年版,第 76 页。
③ 黄子平:《"灰阑"中的叙述》,上海:上海文艺出版社 2001 年版,第 87 页。
④ 王霄冰在《文化记忆视角下的文字与仪式》(选自王霄冰、迪木拉提·奥迈尔主编的《文字、仪式与文化记忆》)一文中提到要重现仪式的文化记忆功能,必须有两个不可或缺的环节:一是集团成员的亲自参与,二是对于集团历史的上演和重新收录,这在战争记忆中的仪式操演中正好完成。

## 第三节　战争里的英雄记忆

革命战争中经常涌现出战斗英雄,决定了英雄在"十七年"革命历史小说中非常普遍的存在。中国古代的传统文学和史学著作中,便一直存在各种不同面孔的英雄人物,铸就了不同的英雄史观。本节无意梳理从古至今的"英雄"观念的变迁,但就近代以来对于"英雄"的观念来看,它在重新回顾古人的英雄书写笔法及其承接"十七年"革命历史小说中的英雄塑造上却值得关注。关于英雄的记忆,在这一时期的革命历史小说中占据重要位置。

"凡百年来种种之壮剧,岂有他哉! 亦由民族主义磅礴冲激于人之胸中,宁粉身碎骨,以血染地,而必不肯生息于异种人压制之下。英雄哉,当如是也! 国民哉,当如是也!"①梁启超的这段话非常具有代表性地指出了近代英雄观念的内涵,传统文学中英雄保家卫国的这种基本底色被继承了下来,比如霍去病、岳飞、文天祥等,但是新增添了近代"民族国家"的新的内涵,已经不同于传统文学中"家"天下的内涵。② 近代中国被列强侵略而追求独立富强的遭遇,使这里的"英雄"必然涉及"民族主义"内涵,所以才有了"不肯生息于异种人压制之下"的特质。"国民哉,当如是也!"则是英雄平民化的一种发现,也即梁启超所言的"无名英雄",也就是说英雄已经不仅仅局限于具有传奇色彩的或者具有超出常人能力的

---

① 梁启超:《国家思想变迁异同论》,《饮冰室文集点校》,昆明:云南教育出版社2001年版,第767页。
② 关于"民族国家"在近代的变迁,以及在"十七年"小说的变迁,可见前文的分析。

人,而广大老百姓也可能是英雄,"隐于世界中之农夫、职工、役人、商贾、兵卒、小学老师、老翁、寡妇、孤儿等恒河沙数之无名英雄也"①。英雄的平民化对于号召国民群起而奋战卫国、建立一个新的民族国家意义重大,它直接催促着国民的觉醒。由此,从梁启超的"无名英雄"过渡到人民当家作主的新中国英雄,也可以看出某些关联。"十七年"革命历史小说中,对于革命英雄的塑造便具有这种特点,"平凡的儿女,集体的英雄"②可能正是对那个时代的英雄的最好概括。

无名英雄史观的出现,首先标志着新中国革命历史小说在英雄塑造方面的转化。《史记》中曾记载陈胜、吴广等农民英雄揭竿而起,看起来是把陈胜、吴广这样的农民塑造为农民出身的无名英雄,但那一句"燕雀焉知鸿鹄之志"把陈胜、吴广的个人抱负表明得异常清楚,他们是燕雀群中的鸿鹄,虽是带领农民起义,却终归没能真正成为融入群众中的无名英雄。类似的还有很多,比如太平天国运动,洪秀全等人建立起的王朝只不过是另一个封建王朝。史学家杨念群有言:主流史学一直打着民众推动历史进步的旗号展开叙述,但民众的现身往往不是在躬耕陇亩甚至也不是在啸聚山林之时,而是在揭竿而起席卷蔓延成所谓"农民起义"之后。虽然群氓造反,多不成事,但其统领除因殉道被剿杀之外,往往是最大获利者,常常能登堂入室,成为改朝换代的"英雄",他们的名字刻满了历史的花名册,民众最终还是难免沦落为"历史的失踪者"。故打着"人民群众创造历史"招牌的各类历史书写,都可以看作变相的"英雄史观"。或许可称之为一种"伪民众史"。主流史学中的

---

① 梁启超:《国家思想变迁异同论》,《饮冰室文集点校》,昆明:云南教育出版社2001年版,第 766 页。
② 见蔡翔:《革命/叙述:中国社会主义文学—文化想象(1949—1966)》中的概括。

"人民大众"还极易为"变态"历史观中的许多神话表述所绑架,比如夸张地说他们能左右历史的"规律""趋势""进步"云云。①

杨念群的论述十分贴切地概括了中国古代文学中表现的历次农民起义只不过是在打着群众的幌子,宣扬一种变相的英雄史观。但这种情况在"十七年"革命历史小说中却得到了扭转,无名英雄的出现也标志着群众史观的真正出现。《林海雪原》中的杨子荣、孙达得、栾超家、刘勋苍等个个身怀绝技,具有超乎常人的战斗能力。但是我们更应该看到的是,他们并没有被作者塑造成一些不食人间烟火的神仙,他们还是农民的儿女。在入伍前,他们基本上都是地主的奴仆出身,备受欺压,骨子里流着人民群众的血脉。他们入伍后,真正秉行的是为了祖国的建设扫除流亡残匪,是真正的"为人民服务"。传奇性的笔法并没有遮掩住他们平民英雄的本色。再比如,《红旗谱》中的朱老忠是地地道道的泥腿子,却也是真真正正的革命英雄。"反割头税"和"二师学潮",都是侠义心肠的平民朱老忠走过的人生轨迹。"十七年"革命历史小说中充满了朱老忠、杨子荣、孙达得等无名英雄,他们与人民群众紧紧地融合在一起,是真正的"平凡的儿女,集体的英雄"。正是通过成功塑造这一群人物,才传达出对民众力量的肯定,完成了平民英雄史观的叙述,也就完成了传统历史观的现代转化。小说所隐含的历史观的转化,构成了民族记忆的主体转化,创造了历史的民众是故事里的主角,也是故事所承载的记忆的主体。

无名英雄不同于传统英雄的另一点在于,他们是一群大公无私、牺牲个人利益的英雄。在保留了古代文学中英雄的超出平常人的能力,具有豪侠气的特点之外,这是无名英雄品质中的最大的

---

① 杨念群:《"英雄史观"的回归?》,《读书》2011年第1期。

特点。古代文学中塑造过很多枭雄如曹操、项羽等,草莽英雄如李逵、鲁智深等,贤德英雄如刘备、宋江等,他们基本是为了一个王朝或者是一个集团的利益,在封建礼法的制约下进行着所谓的英雄活动。比如,曹操这个乱世之中的枭雄,践行着极端自私残忍的为人准则,在误杀吕伯奢之后,放言"宁教我负天下人,不教天下人负我",率先把自己放在了广大的天下人之上的位置。刘备等人,也是打着恢复汉室的旗号召集英雄自建王朝,在今天看来,这些英雄都是集团利益或者皇族利益的维护者,与"十七年"革命历史小说中的英雄内涵有很大不同。《苦菜花》中的娟子的母亲,为了抵抗日军侵略把自己的儿女全部送上了抗日前线,自己也投身于抗日救亡工作。她怀着母爱,做军鞋、关怀住在她家的战士。《红岩》中的江姐等人在敌人的严刑逼供下,宁死不屈,保守党和国家的秘密,通过这种抵抗形式保卫革命的胜利。这种无私忘我的精神不仅存在于小说中,更是英雄儿女们的真实写照,因此书中人物的牺牲被赋予了特殊的时代含义。小说中虚构的人物,正是为新中国而牺牲了的无数无名英雄,作者以此来警示读者平民英雄的牺牲精神是值得记忆的,是不能够被忘却的。

  当然,文学并非历史,小说的虚构性为重构记忆带来了某种修辞效果,因而,从这一时期英雄人物的塑造中往往可以看到英雄的净化和神圣化。我们通过毛宗岗对《三国演义》中人物塑造的概括,来重新回顾一下传统小说中的英雄形象,如:

  遍观乎三国前、三国之后,问有运筹帷幄如徐庶、庞统者乎?问有行军用兵如周瑜、陆逊、司马懿者乎?问有料人料事如郭嘉、程昱、荀彧、贾诩、步骘、虞翻、顾雍、张昭者乎?问有武功将略、迈等超伦如张飞、赵云、黄忠、严颜、张辽、徐晃、徐盛、

> 朱桓者乎？问有冲锋陷阵、晓锐莫当如马超、马岱、关兴、张苞、许褚、典韦、张郃、夏侯惇、黄盖、周泰、甘宁、太史兹、丁奉者乎？问有两才相当、两贤相遇，如姜维、邓艾之智勇悉敌；羊祜、陆抗之从容互镇者乎？至道学，则马融、郑玄；文藻则蔡邕、王粲；颖捷则秦宓、张松，舌辩则李恢、阚泽；不辱君命则赵谘、邓芝；飞书驰檄则陈琳、阮瑀；治烦理剧则蒋琬、董允；扬誉蜚声则马良、荀爽；好古则杜预；博物则张华……知贤则有司马徽之哲；励操则有管宁之高；隐居则有崔州平、石广元、孟公威之逸；忤奸则有孔融之正；触邪则有赵彦之直；斥恶则有弥衡之豪；骂贼则有吉平之壮；殉国则有董承、伏完之贤；捐生则有耿纪、韦晃之节；子死于父则有刘谌、关平之孝；臣死于君则有诸葛瞻、诸葛尚之忠；部曲死于主帅则有赵累、周仓之义。①

遍观这样的英雄列表，大凡能被我们记住的性格鲜明的英雄品质，组成成分里大都有一些杂质掺杂其中，比如周瑜的妒忌、关羽的轻敌、典韦的鲁莽等。"十七年"革命历史小说中的英雄人物大都克服了性格上的弱点和生活中的私欲，有种神圣化、净化的倾向。比如，陈荒煤就曾提出塑造英雄人物的原则。他认为："艺术形象的创造中允许夸大（基于现实的集中与概括），过去，表现旧社会，夸大了许多罪恶的东西、落后的东西。那么，今天来表现新生活，为什么不可以夸大优秀的东西呢？我们明明有许多好的干部、好的人民、好的群众领导者，为什么不可以在这些活生生的人身上发现他们一切的优秀的东西，而后集中起来，来创造我们新英雄的

---

① 转引自徐君慧：《中国小说史》，南宁：广西教育出版社1991年版，第147页。

典型呢?"①陈荒煤的意见代表了当时相当多数的文艺批评者的看法,关于英雄人物从落后到成长为英雄的过程在此已经略显迟缓,用夸大的手法集中精力塑造典型才具有合法性。这在《林海雪原》《保卫延安》《苦菜花》中,尤其是《红岩》中得到了突出表现。在《红岩》中,英雄人物的革命意志强大到可以克服肉体上的痛苦,他们已经完全没有了私欲。这种无形的力量就具有了不可战胜的特点,此种神化和净化对于表现英雄的必然胜利、表现英雄气概起到了明显的效果。

之所以说是无名英雄(平民英雄),还在于传统的"演义"式小说的写法,在"十七年"革命历史小说中基本上经过很大转化。比如,《隋唐演义》《三侠五义》这样的以个人的一生为线索,刻意去表现他们英雄气概的"非平民英雄"的写法基本上绝迹。比如《隋唐演义》,小说中的秦琼是一个战斗英雄,他驰骋沙场,理想便是"为国家提一枝兵马,斩将搴旗,开疆展土"②(第四回)。他为大隋屡立战功,却被逼上瓦岗,走上了造反的道路。这样才有了英雄人物的一个普遍公式——好人造反:

> 从一而终,有死无二,这是忠臣节概,英雄意气。只为有了妒贤嫉能、徇私忘国的人,只要快自己的心,便不顾国家的事,直弄到范雎逃秦,伐魏报仇;子胥奔吴,覆楚雪怨。论他当日立心,岂要如此? 无奈逼得他到无容身之地,也只得做出算计来了。③(第四十五回)

---

① 陈荒煤:《为创造新的英雄人物典型而努力》,《中国新文学大系 1949—1976·文艺理论卷二》,上海:上海文艺出版社 1997 年版,第 74 页。
② (清)褚人获编撰:《隋唐演义》,北京:人民文学出版社 2007 年版。
③ (清)褚人获编撰:《隋唐演义》,北京:人民文学出版社 2007 年版。

秦琼的个人奋斗成名史成为整篇小说的一个核心线索,这基本上服务于秦琼个人英雄的形象塑造,是一种典型的传统的个人英雄史观。这让我们想到《水浒传》里的宋江,也是为官不顺遭人陷害,而后围绕他组成了一个聚集在水泊梁山的英雄群体。联系秦琼和宋江的是传统小说中对英雄塑造的一种相同史观,即"时势造英雄",正是乱世让英雄们面临各种不同的抉择,才有了反抗的可能,所谓逆境造英雄。这些英雄人物在文学史上之所以留下痕迹,是因为他们的个人奋斗历程取得了异常的成功。但就算他们具有古道侠肠,也不是与人民群众的最终解放结合在一起的。这正是"十七年"革命历史小说所要避免的状况,平民英雄的塑造成为克服个人英雄史观的普遍方式。"十七年"革命历史小说中的英雄人物所具有的平民性,赋予了普通民众成为英雄的可能,这是平民英雄最大的特点,也是对传统英雄史观进行现代转化的一个表现。

# 第四章
## "十七年"小说中的伦理与情感记忆

"十七年"革命历史小说在重新叙述革命历史方面,为我们谱写了共和国的血肉成长史。共和国的合法性通过对那段民族记忆的重塑得到了完美的论证。我们都知道,"十七年"时期的小说最重要的题材除了革命历史小说,反映农业合作化的小说(我们称之为"合作化小说")也是重要的一部分,其在史诗构建方面的魄力不亚于革命历史小说。如果说革命历史小说是为刚刚过去的战争历史"盖棺定论",那么合作化小说则是对那时正在发生的轰轰烈烈的农业合作化"著史立说",甚至对未来具有一定的预见性。早在1953年,周扬就曾表示过对合作化题材小说的期待:"在农村中,农民将逐渐走上农业生产合作道路……这一切就将要为文学上的社会主义现实主义提供日益扩大的现实基础。"① 或许,书写这种未经沉淀的合作化运动略显急躁,但这正体现了那个时代小说特有的政治功利性,正是这种功利性使小说紧紧地服务于时代的紧迫任务——社会主义现代化建设。

---

① 周扬:《社会主义现实主义——中国文学前进的道路》,《人民日报》1953年1月11日,选自王尧、林建法主编,郭冰茹编选:《中国当代文学批评大系:一九四九一二〇〇九(卷一)》,苏州:苏州大学出版社2012年版,第127页。

谈论"十七年"文学不能不谈合作化小说,这个时代的宏大政治背景和历史人物决定了合作化题材必将成为文学表现的重中之重。对于合作化题材的小说,周扬曾提出一个概念,即"以合作化为题材",茅盾则用更宏观的叫法"表现农村生活的作品"。表现社会主义农村生活的这类小说在20世纪五六十年代达到高潮。笔者这里借用某位学者的一个总结概括:"概而言之,所谓合作化小说,就是指那些以农业合作化制度的创建和巩固为内容,以社会主义集体价值观的合理性、合法性为诉求重点的小说。"[①]合作化小说中,写农民与国家政治发生联系时,民族记忆这根纽带是至关重要的,农民看不懂条分缕析的政策,却能从最基本的生活变化、丰收增产中尝试着去理解,而其中几千年积淀下来的思维习惯,作为一种民族记忆也深刻影响了农民对政策即合作化运动的情感态度。这种传统的深层文化结构,即保存在农民心中的千百年来的文化积淀,是合作化运动成功或出现裂痕的最根本原因。

乡村文化网络的呈现,使合作化小说从开始就具有含混性,从而造就了多种解读的可能性。民族记忆的引入,使我们能够深入这种含混性存在的现场,从而对合作化小说的生成和遭遇产生同情之理解,避免了近几十年来对于合作化小说简单否定的态度。在今天,重读合作化小说,可以读出多种可能性。20世纪80年代以来,伴随着中国的改革开放以及新启蒙主义带来的冲击,"十七年"合作化小说的研究变得较为薄弱。如何改变研究视角,重新思考那个时代所留给我们的文化和文学遗产,在今天是一个不能忽

---

① 杜国景:《合作化小说中的乡村故事与国家历史》,北京:中国社会科学出版社2011年版,第6页。

视的重要问题。美国学者莫里斯·迈斯纳曾经指出:"马克思在宣告共产主义的历史必然性之前就已经得到了共产主义在道德上是可以向往的结论","马克思主义远没有破坏乌托邦主义对完美的社会主义秩序的幻想,而是使社会主义未来成为似乎是现在正在发生作用的客观历史过程的逻辑和必然的结果,从而强化了乌托邦主义。共产主义乌托邦已不再仅仅是对一个可能在历史上'乌有之乡'的境界的梦想,而是一个在被历史所保证的未来(或者至少是如果人们根据历史提供的可能性去行动就有保证的未来)有其现实存在的'幸福'。"① 我们可以从这个角度,把"十七年"合作化小说在一定程度上看作是一种根据历史现实提供的可能性而去创造"现实存在的'幸福'的试验",这种举国企图创造人类美好未来的经验没有理由在今天被彻底否定。观察当下的社会记忆框架中"十七年"合作化小说与我们民族积淀已久的民族记忆(包括传统文化心理、乡村特有的文化网络等)有何种关联,对于理解"十七年"合作化小说为何在今天淡出人们的阅读视野,成为"遥远的记忆",重新体验、思考那些充满激情的叙事,以及重新发现多种可能性的解读方式具有重要意义。

如果回到历史,我们或许会对中国革命所具有的"合作意识"有重新的认识。中国近现代的特征并不是我们想当然认为的简单的封建的私有制,中国的"公共"作为一种意识,也并不是1956年社会主义改造完成后才获得的。日本学者沟口雄三指出:"毛泽东所实现的土地田产的公有化也是继承了明末清初以降(甚至更早的井田论以来)的井田制,尤其是均分论的谱系","中国的近代化

---

① [美]莫里斯·迈斯纳:《马克思主义、毛泽东主义与乌托邦主义》,张宁、陈铭康等译,北京:中国人民大学出版社2005年版,第9页。

过程就是'公'革命的过程,'公'在清初以降又是以'均''平'为主要内容。所以革命从一开始就带有社会主义的色彩。"① 这或许为我们认识"十七年"合作化小说中的合作意识提供了一个历史脉络。问题是"公"的要求作为中国历史长久以来的一种诉求,在社会主义建设时期采取了何种形式？罗岗在《人民至上》一书中,分析了前近代"乡里空间"的崩溃,清政府种种自救以及孙中山等人企图通过士绅阶层建立"乡绅共和国"的失败,包括费孝通曾寄希望于"绅权"为主的"教化权利"的失败而最终走向了所谓的"民众大联合"。② 这里的"民众大联合",如果放在社会主义建设时期看,很显然指的是合作化的建立。作为从互助组,到合作社,再到人民公社这一过程的最终目标,人民公社是社会主义国家初步尝试"共产主义"的实验。我们如果仔细阅读"十七年"时期合作化小说便会发现,革命理想(合作化)与乡村文化如何形成一种价值同构是作家在创作过程中追求的一个目标。正是朝这一目标的努力过程中所遇见的困难和感悟,使小说内部充满了张力。

通过以上论述我们发现,把民族记忆引入"十七年"合作化小说的研究当中具有重要意义。不管是重新去发现传统乡村的文化网络如何顽强地隐现并与国家政治不断产生互动,还是由"十七年"小说重新探讨农民几千年来沉淀下来的伦理、情感如何参与到了合作化叙事之中,都对于挖掘"十七年"合作化小说自身的审美特性以及在大的文化社会网络中定位"十七年"合作化小说至关重要。下面几节主要以赵树理的《三里湾》、周立波的《山乡巨变》、柳

---

① [日]沟口雄三:《作为方法的中国》,北京:生活·读书·新知三联书店 2011 年版,第 56 页。
② 参见罗岗:《人民至上:从"人民当家作主"到"社会共同富裕"》,上海:上海人民出版社 2012 年版。

青的《创业史》(第一部)、浩然的《艳阳天》为主要参考篇目,围绕乡村伦理的政治转化、农民的"恋地"情结等几个方面展开论述。

## 第一节　乡村伦理①的旧梦与新质

李泽厚认为,中国的儒家传统正是"由伦理而政治",来构建社会的一切。② 这很容易让我们想到今天很多"十七年"文学研究者提到的"政治道德化"这种普遍的修辞方法。一个典型是孟悦在《〈白毛女〉演变的启示——兼论延安文艺的历史多质性》一文中,认为"政治话语塑造了歌剧《白毛女》的主题思想,却没有全部左右其叙述机制","在某种程度上以一个民间日常伦理秩序的道德逻辑作为情节的结构原则。"然后,孟悦进一步指出:"民间伦理逻辑的运行和与政治话语之间的相互作用就表现在这里:民间伦理秩序的稳定是政治话语合法性的前提,只有作为民间伦理秩序的敌人,黄世仁才能成为政治的敌人。"③这是一种典型的政治话语道德化的修辞方式,为研究"十七年"文学的多质性提供了一种可能途径。"共同体内部的文化认同和立场协调,主要从价值导向方面

---

① 杨国荣在《伦理与存在——道德哲学研究》(北京大学出版社 2011 年版)一书中认为,与 ethical 或 ethics 对应的"伦理"一词虽然是西学东渐以后才出现的,但对人伦的关注始终是中国哲学的重要特点。孟子提出了"人伦"的概念,并将理想的人伦规定为:"父子有亲,君臣有义,夫妇有别,长幼有序,朋友有信。"(《孟子·滕文公上》)人伦在此可以理解为人与人之间的关系,有亲、有义、有别、有序是人伦的"应然"形态。而伦理又以善为追求的目标,通过"由仁义行"的道德实践,作为当然的人伦理想又进一步获得了现实的品格。在这里,善的理想形态与现实形态即呈现为相互统一的关系。本章即是在上述意义上理解伦理,并将传统的伦理作为一种民族记忆进行探讨。
② 李泽厚:《说文化心理》,上海:上海译文出版社 2012 年版,第 82 页。
③ 孟悦:《〈白毛女〉演变的启示——兼论延安文艺的历史多质性》,选自唐小兵编:《再解读:大众文艺与意识形态》,北京:北京大学出版社 2007 年版。

推进了社会整合。基本价值原则与道德理想相互融合,同时又构成了合法性确认的依据。"①然而乡村伦理的力量在"十七年"合作化小说中并没有因此而被耗尽,其本身作为一种积淀下来的民族记忆仍然在人们的日常生活中发挥着重要作用。

合作化小说中的场景和故事出现在中国的农村,讲的是以农民为主人公的故事。然而农村和农民也不是自然存在的词,它们的存在显然带有浓厚的意识形态意味。农民及其所在空间在文学作品中以不同的形象出现,也就意味着民族记忆中部分内容的转化。换言之,对农民、农村的记忆方式随着历史的变迁而改变,从中可以清楚地看见意识形态对塑造民族记忆产生的作用。具体来说,我们发现,"农村"这个词在中国传统文学中并不被经常使用,反而是"乡"比较常见。比如,"乡土叙事"与"乡土抒情"在古代诗歌中尤其发达,中国文学史中随处可以见到:悯农(锄禾日当午,汗滴禾下土。谁知盘中餐?粒粒皆辛苦)、农家乐(最喜小儿无赖,溪头卧剥莲蓬)、好客精神(莫笑农家腊酒浑,丰年留客足鸡豚)等。在这里,农民被作为讲述主体,但很少会出现"农村"一词,文人大都把它们称作"乡",比如"背井离乡""故乡今夜思千里,霜鬓明朝又一年""君自故乡来,应知故乡事""独在异乡为异客,每逢佳节倍思亲""露从今夜白,月是故乡明",等等。到了"五四"新文学时期,出现了一大批农村题材小说,比如鲁迅、彭家煌、王鲁彦、蹇先艾等人的创作,这些被周作人最早称之为"乡土小说",其后茅盾、郑振铎等人也竭力倡导的"为人生"的"乡土文学",为后来的"乡土小说流派"奠定了理论基础。鲁迅的定义影响比较大:"乡土小说,从北京这方面说,则是侨寓文学的作者。但这又非如勃兰兑斯(G.

---

① 参见杨国荣:《伦理与存在——道德哲学研究》。

Brandes)所说的'侨民文学',侨寓只是作者自己,却不是这作者写的文章,因此也只见隐现着乡愁,很难有异域情调来开拓作者的心胸,或者炫耀他的眼界。"① 在经历"五四"新文学的冲击之后,文学中的"乡土"概念依然是最经常被使用的,而到了延安文学时期,甚至到了新中国成立之后,"农村"这一概念基本上取代了"乡"。周扬称这一时期的农村题材小说为"以合作化为题材"②的小说,茅盾则直接称为"表现农村生活的作品"。③ 有研究者指出,从"乡"转移到"农村"的时候,标志着这些小说与新文学初期观察和理解农村生活的叙事相比有了根本改变。"乡"更多倾向于情感寄托和审美关怀,而"农村"一词包含的阶级斗争意识形态色彩很浓。④ 20世纪20年代的乡土文学的发生,与作家们的启蒙姿态联系在一起,农民主要被表现为启蒙和被批判的对象。在30年代左翼作家、40年代解放区作家以及50年代的新中国作家笔下,农民形象展现出不同于20年代启蒙文学的面貌。⑤

李杨的叙述或许更具有典型性,他在重新解读《创业史》时,分析出了农民的两种现代性。他认为农民不是自然的,而是历史的,

---

① 丁帆:《中国乡土小说史》,北京:北京大学出版社2007年版,第10—14页。
② 周扬:《建设社会主义文学的任务——在中国作家协会第二次理事会议(扩大)上的报告》,《文艺报》1956年(5—6合刊号)。
③ 茅盾:《培养新生力量 扩大文学队伍——在中国作家协会第二次理事会议(扩大)上的报告》,《文艺报》1956年(5—6合刊号)。
④ 参考王力:《赵树理与中国40年代农村小说研究》,北京:中国社会科学出版社2011年版。
⑤ 王又平在《从"乡土"到"农村"——关于中国当代文学主导题材形成的一个发生学考察》一文中,详细考察了这一在批评家笔下称谓的历史变化过程。20世纪20年代,有关乡村生活的描绘基本上以"乡土"涵盖之;而自20世纪30年代初出现的表现农村破败的小说则基本上以"农村"来概括。而"十七年"文学中关于中国乡村生活的想象和书写大体上延续着20世纪30年代的农村题材传统,而非20世纪20年代的传统,采用了"农村题材"或"农村生活"的提法。选自王光东主编的《中国现当代乡土文学研究》(上卷),上海:东方出版中心2011年版,第142—143页。

并没有一种本质的农民的概念。以鲁迅为代表的"五四"作家在农民身上发现了愚昧、落后、保守、勤恳、厚道、吝啬、容易满足等一系列特点,这些特点成为现代性所批判的一些特质。而以《创业史》为代表的合作化小说则创造了新的农民的形象,最具代表性的就是社会主义新人梁生宝等,这代表着另一种"农民"的现代性知识。① 作家笔下所表现的农民的特点在每个时代都被突出某一部分,而遮蔽某一部分,从以上论述中我们基本上可以做这样的判断。农民的本质问题成了一种无答案的天问,例如两种"现代性"的问题在不断变化的时代中被赋予不一样的内涵,或许不久就会出现第三种"现代性"。在我们注意到以上对农民、农村的谱系学及历史化的考察之后,确实能从研究方法上得到另外一种启发,然而更不可避免地遮蔽了一些很重要的问题。虽然经过种种转折与断裂,几千年接续下来中国农民的群体特点中始终保持不变的东西,或者经历了现代转化之后依然能看出本来面目(或原型)的东西也是我们应该关注的重点。这些"不变的"特征恰恰是刻在农民身上恒久不散的民族记忆,它们在种种新的时代环境下依然散发出巨大的能量。

伦理记忆便是这种深藏在农民身上并在新的时代环境下发挥出巨大能量的一种民族记忆。合作化小说中是不是存在一种农民本身的言说?不管农民被赋予什么样的新质,他们必然与几千年的传统形成的、经历了"五四"新文学洗礼的、解放区文学进一步改造的关于农民本身的民族记忆相联系。而存在于农村或者农民身上的伦理记忆则最能体现这一记忆的存在及其作用。本章认为在"十七年"合作化小说中,结构农村很重要的一点便是乡村伦理的

---

① 李杨:《50—70年代中国文学经典再解读》,济南:山东教育出版社2003年版。

政治转化，它的存在是小说结构、小说美学生成的必不可缺的部分。

**一、等级秩序的隐现与转化**

关于农民生活的记忆，往往在方方面面都渗透着等级秩序的影响，即使在"十七年"的合作化小说中，传统伦理中的森严等级及这种等级所产生的变化仍旧可以见诸笔端，只不过是作为潜藏在农民意识中的一种文化记忆，而非表现的主题。周立波的《山乡巨变》便是以干部邓秀梅"入乡"来进入故事的讲述：

> 邓秀梅的脚步越走越快了，心里却在不安地默神。她想，农业合作化运动，在她经历中，是个新工作。省委开过区会议后，县委又开了九天三级干部会（召集县级、区级、乡级的干部在一起开的会，叫作三级干部会。）讨论了毛主席的文章和党中央的决议，听了毛书记的报告，理论、政策，都比以前透彻了：入乡的做法，县委也有详细的交代。①

邓秀梅是带着上级的指示以干部的身份来到清溪乡的，这种身份的设置，让我们想到作者周立波的身份，他也是作为一个在城里取得一定成绩的干部，以干部的身份返乡观察农村合作化运动从而进行小说创作的，所以，从邓秀梅身上多少可见作者自身的一些影子。邓秀梅进村后首先遭遇的是"亭面胡"盛佑亭，而盛佑亭提供给干部邓秀梅的住宿待遇是"正房"：

> 是瓦屋，不错，不过哪里比得城里的呢？你要来住，我叫

---

① 周立波：《山乡巨变》，北京：人民文学出版社2002年版，第5页。

> 我们二崽腾出那间正房来给你。我们家里,常常住干部。①

这句话意味深长,首先与城里比,盛佑亭有点自愧不如,但在这样的既定条件下他毫不犹豫地提供给对方"正房"——具有正统、尊贵意味的房间,而这样最好的房间常常留给干部。通过这简短的对话,一种传统的官民等级秩序便隐现出来了。中国传统的分封制、郡县制、三省六部制等尽管经历了现代政治体制的变革,这种等级分明的思维方式依然残留在受传统思想浸淫较深的农民身上,尽管出现了"父母官"(把"官和民"的关系比作"父与子")之类带有伦理亲情感的隐喻,但依然是具有等级关系的。再如,《艳阳天》中萧老大面对王国忠书记,想到的是:

> 萧老大跟党委书记交谈了几句,心里边特别高兴,这会儿他想到的根本不是党委书记来给儿子出气的事儿,而是觉得儿子来了靠山,儿子可以在这个能干的乡党委书记的帮助下,顺利地解开那个困难疙瘩,可以让这个麦收顺顺当当地开始,再顺顺当当地结束。②

萧老大这种心理活动,把民对官的那种卑下而仰仗的心态体现得淋漓尽致。一个乡党委书记,自然能给儿子撑腰,这种对上层等级权力的信任正是隐现的等级秩序的最好的注脚。

除了官民这种等级秩序的隐现之外,还有一种乡村内部存在的等级,这种等级是一个乡村结构必然存在的,并没有因为社会主

---

① 周立波:《山乡巨变》,北京:人民文学出版社 2002 年版,第 14 页。
② 浩然:《艳阳天(第一卷)》,人民文学出版社 1974 年版,第 441 页。

义改造而彻底消失。"地富坏"分子在经历土改之后,他们的权威已经被拉下神坛,但是乡村中依然存在经历土改之后富裕起来的中农(比如,《创业史》中的三大能人,《山乡巨变》中的王菊生、秋丝瓜,《三里湾》中的范登高等,这些人心中都有一把好算盘,算政策,算收成,算命运,他们财重一方,权重一时)、贫农出身的当家人(梁生宝、萧长春、刘雨生等)。农民之间的关系从来就没能做到绝对平等,富裕中农、"当家人"的存在必然决定了不同身份的农民对于乡村资源的占有和所担负责任的不同。所以,才有梁三老汉等贫农对于郭振山盖新房子那种由衷的向往,并视之为风向标和奋斗方向;徐改霞对于郭振山的信任,听从他的建议进城;马老四、韩百仲等贫下中农和贫农对于萧长春的绝对拥护等。他们这些人或代表社会进步的方向,或代表阻碍社会主义运动的障碍,在合作化小说中形成了两条相互斗争的路线,有点像两个阵营之间的较量。对此,我们可以想到所谓的"能人政治"。所谓的"能人政治"是在改革开放之后开始出现的,它的出现主要有以下条件:以市场经济为取向的乡村经济变革是能人政治形成的经济前提,国家政治体制的变迁是能人政治形成的政治前提,广大农民的迫切需求是能人政治形成的社会基础,农民文化是能人政治形成的文化根基。[①] 在社会主义建设时期的"十七年",如果按照上述定义,并不存在能人政治。但是从人群集合在一起并形成乡村的时候,农民之间的那种"不平等"就存在了,必然会出现能力更突出、并愿意承担更多社会责任和占有更多社会资源的人参与到治理中来,即乡村中的能人参与治理。

当然,在"十七年"合作化小说中,这种隐现的等级秩序并没有

---

[①] 南刚志、季丽新:《乡村治理中的能人政治模式》,《行政论坛》2003 年第 7 期。

被凸显出来并成为小说叙述的主题,但不管是邓秀梅、王国忠等为代表的干部之于农民,还是以三大能人为代表的土改中致富的中农,还是以梁生宝、萧长春为代表的贫农出身的带头人,他们或隐或现地都会与普通的农民形成一种等级关系。换一个角度看这个问题,就会发现关于等级的记忆一直存在于农民的思维当中。比如,中国古代一直存在的"三纲五常"①对于这种等级秩序便存在深远影响。这种传统的伦理对于"十七年"合作化小说的影响从以上所讲到的干部和农民,以及带头人、富裕中农和农民的关系中可见一斑。

分析"十七年"合作化小说中隐现的等级秩序,但并没有对此做出价值判断,而偏向于将其看作是一种文化记忆,而新的当权者无疑也沿袭着农民的伦理记忆,发挥动员功能,关于这种运动的叙述,又构成了等级伦理记忆在这一阶段的新质,被文学记录下来。所谓"没有规矩不成方圆",腐朽的等级,比如"三纲五常","地富坏"分子所秉持的家规(比如马小辫企图对马志德、李秀敏夫妇施以父亲的淫威,带领他们走向破坏之路)必然被批判,但共同体内

---

① "三纲五常"作为一种道德原则、规范的内容,它渊源于先秦时代的孔子。孔子曾提出了君君臣臣、父父子子和仁义礼智等伦理道德观念。孟子进而提出"父子有亲,君臣有义,夫妇有别,长幼有序,朋友有信"的"五伦"道德规范。董仲舒按照他的大道"贵阳而贱阴"的阳尊阴卑理论,对五伦观念作了进一步的发挥,提出了三纲原理和五常之道。董仲舒认为,在人伦关系中,君臣、父子、夫妻三种关系是最主要的,而这三种关系存在着天定的、永恒不变的主从关系:君为主,臣为从;父为主,子为从;夫为主,妻为从。亦即所谓的"君为臣纲,父为子纲,夫为妻纲"这三纲。三纲皆取于阴阳之道。具体地说,君、父、夫体现了天的"阳"面,臣、子、妻体现了天的"阴"面;阳永远处于主宰、尊贵的地位,阴永远处于服从、卑贱的地位。董仲舒以此确立了君权、父权、夫权的统治地位,把封建等级制度、政治秩序神圣化为宇宙的根本法则。"五常之道"实际上是"三纲"的具体化。董仲舒又认为,仁、义、礼、智、信五常之道则是处理君臣、父子、夫妻、上下尊卑关系的基本法则,治国者应该给予足够的重视。在他看来,人不同于其他生物的一个重要特点,在于人类具有与生俱来的五常之道。坚持五常之道,就能维持社会的稳定和人际关系的和谐。(参考班固《白虎通义》以及相关解释文献)

部存在一定的等级秩序也是必需的,上级领导、村庄带头人也正是利用农民对于上级的这种拥护而不断推进社会主义建设。这种等级秩序是一种和谐健康的规矩,它的存在恰恰是农村充满活力的保证,是充满情感的有温度的等级秩序。动员和组织农民进行社会主义建设,恰恰便是隐含着这种等级秩序,并且只有利用这样的伦理等级秩序才能获得成功。不管是邓秀梅、刘雨生领导的清溪乡的合作化运动,还是梁生宝带领的蛤蟆滩开始顺利引导农民进入合作化运动之中,不管是萧长春的"一手抓生产,一手抓斗争",与破坏分子进行坚决的斗争,还是以王金生为代表的干部领导的三里湾的秋收、整党、扩社、开渠等,无不是在一种等级秩序的序列中进行,这种隐含的伦理秩序不断爆发自身的能量。

而反面人物身上所体现的等级秩序恰恰是传统的官僚的等级,是上述健康的等级秩序所要对抗的。最典型的是马之悦,他利用自己的书记身份心怀鬼胎,欺下瞒上,暗地里组织着一场阴谋破坏活动。他兼有村庄"带头人"和富裕中农的双重身份,对合作化运动中收粮重新分配土改中分得的土地不满,集结了马大炮、弯弯绕、马脸福、马立本、马小辫等地主、富裕中农、富农,与代表社会主义方向的萧长春领导的合作社斗争。这一群人对马之悦的能力基本上是信任的,比如,当东山坞遇到自然灾害后,马之悦的几句豪言壮语便博得了村民们的热泪("当时不少的人为他这几句话鼓掌落泪");当马之悦撂下烂摊子灰溜溜地逃跑时,村民们的感觉是"这一下子东山坞可塌天了"①。而马之悦也正是利用这种信任和村民们渴求的分红利益,利用在等级秩序中的优势地位鼓动领导他们搞破坏活动。马之悦甚至利用城市来压制乡村,利用上级领

---

① 浩然:《艳阳天(第一卷)》,北京:人民文学出版社 1974 年版,第 12 页。

导来说服村民一起搞破坏活动,比如,他组织人大肆传播城市人的"大鸣大放"(虽然他曲解了其中的意思,但在村民中传播的确实是他自己的理解),请李世丹乡长到村庄来为自己撑腰,阻止对马小辫的处理,以此来震慑村民。这种等级伦理分明的情节构成了小说故事情节发展的重要部分,也成为阶级斗争这一主题形成的一个关键点。

这种刻在农民心底的关于伦理等级的民族记忆是不是对于社会主义改造和建设运动的渗透有一定的作用呢?看来是确定无疑的了。通过以上的分析,可以看到传统的伦理道德已经在合作化小说中实现了现代的转化。梁生宝、萧长春、王金生、刘雨生等为代表的带头人身上展现出全新的对于伦理等级秩序的诠释,使这种伦理记忆顺利地在社会主义建设运动中发挥着自己的能量,并在与马之悦、三大能人、秋丝瓜、郭振山、范登高等人为代表的有一定影响力的富裕中农的斗争中展开了作品所要表达的合作化建设、阶级斗争思想,这种隐现的等级秩序在经历现代的转化后,对于合作化小说已经变得不可或缺。

**二、家庭伦理的流变**

中国传统的等级伦理秩序在"十七年"合作化小说中依然存在,并获得了某些现代转化,表现出一些新的特点,这让农村的秩序在受到国家权力的渗透之后发生了新的变化。其实,从以上的论述中,我们已经可以感觉得到,"村庄"已经成为作者们极力去书写的对象,换句话说,小说所要讲述的故事、所要讲到的人是发生在村庄里的故事,出现在村庄里的人,而不是把故事和人放在一个独立的家庭中去描写,故事发生空间的这种变化与共同体内部要求的集体生产、国家的社会主义互助性紧密相关。而把故事放在不一样的空间去讲述,必然会与传统小说的家庭伦理发生冲突,并产生一些新的变化。

　　费孝通认为,中国的传统乡土社会缺乏流动,是一个"血缘社会"。① 李杨在解读《红旗谱》时,也认为以"血缘宗法制"为基础的中国封建王朝就是一个以众多小家族为分子的大家族,"作为中国文化精神的基本结构要素,血缘是'家'的抽象,是由家及国的起点、基石和范型,当然也是'人'的确立方式、价值取向与价值理想。在中国文化中,……首先的也是主要的就是家族化。可以说,血缘在中国文化中,不仅是一种基本的人伦关系,而且是一切社会关系的原型,是人际关系的组织结构形式,因此,在中国文化中,血缘关系不仅是伦理关系的基础,更是政治关系的基础"②。在解读中国传统社会的基本性质时,家族、血缘确实是绕不开的关键词。在文学创作中,这一特性表现得尤为明显。中国古典小说中最典型的家族小说可以说是《红楼梦》。小说主要以贾家为代表的四大家族的兴衰为线索,揭示了封建大家庭的各种错综复杂的矛盾,曲折地反映了那个社会必然崩溃、没落的历史趋势。可以说,家族在《红楼梦》中是一个最重要的单位,是完全可以作为独立的一个单位结构整部小说的。尽管作者也是在风雨飘摇的封建王朝后期的文化社会网络里透视封建大家族的兴衰,但小说的主要故事情节发生的空间不出"家"这个单位。

　　"十七年"合作化小说基本上打破了"家"这个单位对于人物故事发生场所的束缚,完成了故事场所从"家"到"村庄"的单位转换。小说主要不是讲一个家庭的变化,家庭并不能独立成为叙事的单位,它必定从属于某个团体或者阶层,可以看作是村庄中的家庭,

---

① 费孝通:《乡土中国》,北京:人民出版社 2008 年版,第 86 页。
② 李杨:《50—70 年代中国文学经典再解读》,济南:山东教育出版社 2003 年版,第 51 页。

这不同于传统。日本学者竹内好认为,赵树理的独特性在于"作品中的人物在完成其典型性的同时也与背景融为一体了"①,虽然这是从分析《李家庄的变迁》得来的,但他认为这适用于赵树理的所有小说。他说的背景自然指的是村庄的大环境,也就是说赵树理在塑造人物形象时,基本上是把人物和村庄的环境变化融合在一起,甚至可以说,赵树理小说的主人公就是村庄这一个整体。这自然就排除了将家族作为叙事重点的可能性。笔者认为,这也是"十七年"合作化小说普遍存在的变化。从"家族"小说到"集体"小说(村庄,即代表的是国家),通过这一变化,家庭中的伦理也相应地在继承传统的基础上发生了现代转化。

在合作化小说中,婚恋关系的书写在继承中又获得了新质。起初,我们应该看到一些身上还残存有旧的传统观念的农民对婚姻的一些封建态度,比如,梁三老汉看到梁生宝和曾经解除婚约的徐改霞走得很近时就不高兴,甚至都不愿意让自己的女儿秀兰接近她:

> 老汉重新抬起头来,厌恶地眯缝着老眼,盯盯那提着书兜、吊着两条长辫的背影。然后,他在花白的胡子中间咕噜着:
> "你甭拉扯俺家秀兰!俺秀兰不学你那样!你二十一岁还不出嫁,迟早要做下没脸的事。"
> 在梁三老汉看来,只有坏了心术的人,才能做出这等没良心的事来。他担心改霞会把他女儿秀兰引到邪路上去。②

---

① [日]竹内好:《新颖的赵树理文学》,选自中国赵树理研究会编:《赵树理研究文集(下卷)》,北京:中国文联出版公司1998年版,第76页。
② 柳青:《创业史(第一部)》,北京:人民文学出版社2005年版。

类似梁三老汉对于婚姻的这种传统的落后的态度，在韩百安对待韩道满与马翠清、范登高对待范灵芝的态度上，皆有所体现。另一种最常规的婚恋关系，即注重夫唱妇随、夫妻和睦的伦理传统在"十七年"小说中亦有所表现。比如，李友梅和老婆之间那种相濡以沫的长情相伴①，亭面胡堂客对亭面胡在家中傲慢态度的理解和容忍等。婚恋伦理即使在"十七年"合作化小说中，在表现社会主义热火朝天的建设和改造中，依然会保留传统伦理中的部分内容，大致逃不出李泽厚所考察的传统文化中的"积淀性内容"。

　　梁生宝、徐改霞、萧长春、焦淑红、王金生、范灵芝、邓秀梅、刘雨生、陈大春等一些社会主义新人形象身上则实践着新的婚恋伦理，他们身上体现的是传统婚恋伦理的现代转化。这些新人的恋爱往往发生在田地里的劳动、组织生活中（比如会议），即便是两个人独处时，也是光明正大没有任何见不得光的成分。比如《创业史》中，有一次徐改霞和梁生宝约会，"她（徐改霞）的两只长眼毛的大眼睛一闭，做出一种公然挑逗的样子。然后，她把身子靠得离生宝更贴近些"。而梁生宝在这一霎时只是心动了动，对这种诱惑表现出了极大的克制：

**他真想伸开强有力的臂膀，把这个对自己倾心相爱的闺**

---

① "李月辉说到这里，叹了一口气，顿了一下，才又说道：'我总怕她不是一个长命人。今年春上，给她扯了一点布料子，要她做件新衣裳。可怜她嫁过来十好几年了，从来没有添过一件新衣裳，总是捡了我的旧衣旧裤子，补补连连，改成她的。我那回扯的，是种茄色条子的花哔叽，布料不算多，颜色倒是正配她这样的年纪。她会裁剪，我想她一定会做一件合身的褂子。隔了好久，还不见她穿新衣，我是常催她。有天看见她缝衣，心里暗喜，心想，总算领我的情了。又过了几天，我要换衣，她从衣柜里，拿出一件崭新的茄色条子花哔叽衬衣，我生了气了，问她：'什么意思？'她捧住胸口，咳了一阵，笑一笑说道：'你要出客，要开会，我先给你缝了。'她就是这样的一个人。'"这是《山乡巨变》中李月辉在讲到自己的内人时的话，这种朴素的夫妻情谊在今天读来依然散发着动人的光辉。

女搂在怀中,亲她的嘴,但他没有这样做。第一次亲吻一个女人,这对任何正直的人,都是一件人生重要的事情! 共产党员的理智,在生宝身上克制了人类每每容易放纵感情的弱点。他一想:一搂抱,一亲吻,定使两人的关系急趋直转,搞得火热。今生还没有真正过过两性生活的生宝,准定有一个空子,就渴望着和改霞在一块。要是在冬闲天,夜又很长,甜蜜的两性生活有什么关系? 共产党员也是人嘛! 但现在眨眼就是夏收和插秧的忙季,他必须拿崇高的精神来控制人类的初级本能和初级感情……考虑到对事业的责任心,和党在群众中的威信,他不能使私人生活影响事业。他没有权利任性! 他是一个企图改造蛤蟆滩社会的人!①

梁生宝把自己的婚恋情感和社会主义建设联系在一起,即个人情感的优先性融合进社会事业。女性一方大胆追逐男性②的情节设置也正是婚恋与政治联姻的注脚,因为在合作化小说中,新人男性的身份除了作为一个恋爱对象外,还代表着社会前进的方向或具有很强的政治符号性。与以上相似的小说情节在合作化小说中成为一个普遍模式,萧长春和焦淑红两位进步青年彼此之间的爱意心知肚明,却为了不耽误收麦和生产计划故意不提此事;邓秀梅为了能帮助清溪乡完成合作化运动的动员工作,毅然选择了与丈夫分居异地,克制了自己对他的思念;刘雨生因为忙于合作社的事情没能满足张桂贞的自私要求,才答应了与之离婚;马翠清因为韩道满不够全心全意地拥护集体化道路而一次次拒绝韩道满,直

---

① 柳青:《创业史(第一部)》,北京:人民文学出版社 2005 年版,第 549—550 页。
② 比如秀兰对杨明山,盛佳秀对刘雨生,盛淑君对陈大春,焦淑菊对萧长春等。

至与他一起帮助韩百安走上集体化道路,才心甘情愿。进步的青年人大抵把爱情的私欲让位于集体化道路的光荣理想,这就使得婚恋发生的场所突破了家庭的束缚,走向劳动的公共场合——没有共同的劳动和集体化理想就没有爱情。范登高的女儿范灵芝与糊涂涂的儿子马有翼就是典型的例子。他们俩都是共青团员,又是村里仅有的两个中学生,他们都痛恨自己的家庭落后。灵芝要走社会主义道路,和父亲进行斗争;有翼则怯弱,屈服于家庭的顽固势力。糊涂涂为了拉住儿子有翼不入社,保住刀把地,暗中和能不够商量,把能不够的女儿小俊嫁给有翼。灵芝虽然爱过有翼,但对有翼的怯弱很不满。在玉生和小俊因志趣不合离婚后,她和玉生由于在工作中经常接触,便对玉生产生了好感。这时,当她听说有翼和小俊要结婚,终于离开了有翼,向玉生表白了自己对他的爱情。①

同样的乡村伦理的转化还体现在父子关系上。在"十七年"长篇小说中,"孝顺"的内涵变得更为复杂,古代小说中很少出现的父子冲突情节在这一时期经常出现。最具有代表性的父子冲突体现在梁生宝和梁三老汉之间。梁生宝作为梁三老汉的养子,身份规定着梁生宝去除了旧社会带来的任何杂质,从而具有社会主义新人品质很高的纯洁度。作者通过这种养父和养子的人物结构设置,切断了梁生宝与传统社会旧伦理代表梁三老汉的血缘关系,即新、旧理念的代际自然传承。梁三老汉和梁生宝在合作化道路上的观点日益矛盾,梁三老汉想的是个人的发家致富,从而完成"创业",而梁生宝则一门心思把精力放到蛤蟆滩的集体化事业上。个人发家的理想与集体创业的目标发生了龃龉,这也体现着传统的

---

① 参见赵树理:《三里湾》,北京:人民文学出版社 2005 年版。

家庭伦理与集体化时代发生变化的村庄伦理的严重冲突。以下是发生在梁三老汉和梁生宝父子之间的对话：

> "啥叫自发的道路呢？"生宝说，"爹！打个比方，你就明白了。咱分下十亩稻地，是吧？我甭领导互助组哩！咱爷俩就像租种吕老二那十八亩稻地那样，使足了劲儿做。年年粮食有余头，有力量买地。该是这个样子吧？嗯，可老任家他们，劳力软的劳力软，娃多的娃多，离开互助组搞不好生产。他们年年得卖地。这也该是自自然然的事情吧？好！十年八年以后，老任家又和没土改一样，地全到咱爷俩名下了。咱成了财东，他们得给咱们做活！是不是？"
>
> 老汉掩饰不住他心中对这段话有浓厚兴趣，咧开黄胡子嘴巴笑了。
>
> ……
>
> 梁三老汉为了表示他的心善，不赞成残酷的剥削，他声明：
>
> "咱不雇长工，也不放粮。咱光图个富足，给子孙们创业哩！叫后人甭像咱一样受可怜……"
>
> "那不由你！"生宝斩钉截铁地反驳继父，"怪得很哩！庄稼人，地一多，钱一多，手就不爱握木头把儿哩。扁担和背绳碰到肩上，也不舒服哩。那时候，你就想叫旁人替自个儿做活。爹，你说：人一不爱劳动，还有好思想吗？成天光想着做对旁人不利、对自己有利的事情！"
>
> 老汉在胡子嘴巴上使着劲儿，吃力地考虑着生宝这些使他大吃一惊的人生哲学。
>
> ……

> 生宝坐在矮凳上,继续向坐在对面的继父宣传。
> "图富足,给子孙们创业的话,咱就得走大伙富足的道路。这是毛主席的话!一点没错!全中国的庄稼人们,都不受可怜。现时搞互助组,日后搞合作社,再后用机器种地,用汽车拉粪、拉庄稼……"
> 梁三老汉……被生宝关于剥削的道理,说动了心……①

传统的伦理旧梦在梁三老汉身上体现的是个人的发家致富,这是在土改之后农民分得土地后普遍的愿望。然而,在梁生宝讲述新的更大的视野和正当性的集体化伦理面前,梁三老汉所代表的个人发家致富的小农思想便失去了正当性。正是在这样的新旧对比中,动员和改造旧农民的任务得以完成。父子新旧冲突的例子在合作化小说中还有很多,比如《山乡巨变》中的陈先晋和陈大春,《三里湾》中的糊涂涂和马有翼,《艳阳天》中的韩百安和韩道满、马老四和马连福(马老四和马连福这对父子关系看似是个意外,与以上几对父子关系的位置正好相反,父亲代表先进,而儿子却是动摇的一方。但是从人物身上具有的品质来看,马老四更确切地说应该是完全放下传统思想包袱的"新老人",而马连福恰恰是缓慢踏入新社会的迟到者)。

新的父子关系中,传统的孝顺在渗透进阶级利益之后,增添了许多新质,子对父并不是一味地顺从,顺从的前提是符合阶级利益,而父子冲突在对传统父辈落后思想的一步步改造之中,最终达到了和解,新的父子关系达成。在这里我们看到传统的伦理关系与新社会的伦理要求发生了某些冲突,但同时我们也看到了对和

---

① 柳青:《创业史(第一部)》,北京:人民文学出版社 2005 年版,第 120—130 页。

谐父子关系的肯定,而这一点恰恰是中国传统文化对父子关系的要求。

新旧伦理秩序的碰撞被利用到对旧的农民的动员和改造中来,这是一种典型的政治道德化的修辞策略。然而,在被利用的同时,村庄新的伦理秩序也独立地在村庄的日常实践和运作中得以展开。比如曾经在旧社会被视作丑陋的焦双菊的大脚,在工作中占尽了优势;传统观念的偏见"男女授受不亲"在马翠清领导的青年团的日常运行中,在热火朝天的日常劳动场景中被彻底打破。新的乡村伦理秩序的想象与重构,在继承并改造传统伦理之后,增添了很多新质,使"十七年"合作化小说呈现了一个几千年未遇之新农村。这种新的农村的想象正是对几千年来伦理记忆的革新、转化的结果。除却我们常常归结的"一切为政治服务"的老生常谈,这种转化并没有使复杂的乡村伦理淹没在惨烈的阶级叙事下面,反而正是这样的对旧伦理的继承与改造才使小说读起来更具审美特征,呈现出社会主义乡村及其改造历史过程中的复杂性、真实性,喜怒与哀乐。如果换种视角,我们所看到的是社会主义建设的勇气,是几千年合作梦想的质的突破与尝试。

## 第二节　恋地：一种情感记忆

单从20世纪中国现当代文学史考察,土地已经呈现出纷繁复杂的意象。大地(台静农于1920年就曾以"地之子"为名出版过小说集,这里的"地"便是"大地")、乡土(如上一章所述,20世纪20年代,周氏兄弟、郑振铎对乡土的命名和"乡土流派"的书写等,即"乡土")、乡村(到了20世纪30年代左翼文学中出现的基本上是

"乡村"的称谓,解放区文学和"十七年"文学基本上沿用此称谓)、故土、厚土("故土"和"厚土"在新时期文学中被广泛使用,尤其是"寻根文学"思潮兴起时,比如李锐就曾以"厚土"命名自己的小说集)等各种不同称谓的出现包含着各个时代不同的含义,尽管何其复杂,但是所有的内核全部指向一种情感,一种千百年来生活在这片土地上的人民对于生存之所的强烈情感。在一次次的社会转型中情感可能呈现出形形色色的变化,但知识分子笔下对于农民和农民赖以生存的土地关系的书写却从来没有停止过。这种对土地情感的书写,不断刷新和巩固着农民对土地的情感记忆。关于情感记忆的传承和重构,在"十七年"文学的创作中发挥了不可取代的重要作用。

赵园在《地之子》一书中,对于文学中"土地"的意象做过历史梳理,她用"大地、乡土、荒原"三个并列的词,描述土地在文人笔下被书写的历史。她从《周易》《庄子》等中国古典文献中考察,首先认为天和地启示了秩序观念。"孔子曰:《易》者,易也,变易也,不易也。……不易者,其位也。天在上,地在下;君南面,臣北面;父坐子伏,此其不易也。故《易》者,天道人道也。"《庄子·天道》:"夫天地至神,二幼尊卑先后之序,而况人道乎。"①而后,由这种天、地启发的伦理秩序观念,赵园注意到了对天地化育尤其是对母性大地的感激,直至当代,仍作为乡村题材文学中的诗意源泉和文化力量,它不仅能够抚慰作为"子"的心灵的创伤,还能作为一种对于"子"的束缚,让"飞天"梦想艰难实现。这种双重品格又使乡村在历史承载方面拥有了丰富的复杂性,比如"苍老"的面孔,"顽固"的

---

① 赵园:《地之子》,北京:北京大学出版社 2007 年版,第 1 页。

坚守,孤独的乡愁等。① 知识分子笔下的土地与农民的关系,是中国文学几千年来常写常新的话题,如果把农民和土地的关系专门拿出来进行分析,一种不言自明的紧密相连感便迎面而来。毕竟,农民与实在的大地之间的关系血浓于水,农民的命运被紧紧地系在大地母亲上,或许更像前面所说的"束缚"。如何表现农民与土地的关系,如何书写农民对土地的情感,在"十七年"文学中成了一个敏感的和不可回避的话题。

以赵树理为例,虽然赵树理历来被研究者认为是最站在农民(民间)立场上创作的作家②,但是他仍脱不了知识分子的身份束缚,就连他自己也说:"我虽出身于农村,但究竟还不是农业生产者而是知识分子"③,"在做驻地工作的时候,虽说时间较长,可是自己以帮忙者自居,群众及其直接负责干部对自己也以帮忙者看待。"④所以,在文艺路线斗争频频发生的那个年代,知识分子怎样给读者大众呈现一个各方都满意的长篇故事,就成了不那么简单的一件事情。然而,正是由于知识分子身份的不同,受到自身知识积累、对农村的感受程度不同等各方面的限制,他们才会给读者呈现出不一样的乡村合作化小说,而并非有些批评者所诟病的千篇一律。农民与土地的关系的呈现也表现出不一样的色彩,但是农民对土地几千年来积淀下来的情感却能在各个作家笔下都找到共鸣之处。

---

① 赵园:《地之子》,北京:北京大学出版社 2007 年版,第 2—49 页。
② 陈思和主编的《中国当代文学史教程》、洪子诚的《中国当代文学史》等各种版本的教材都把赵树理看作农民作家,认为他与其他合作化小说作者的最大区别就在于他坚定的农民立场或民间立场。
③ 赵树理:《〈三里湾〉写作前后》,《赵树理全集·第四卷》,北京:大众文艺出版社 2006 年版,第 378 页。
④ 赵树理:《决心到群众中去》,《赵树理全集·第四卷》,北京:大众文艺出版社 2006 年版,第 121 页。

本节尝试通过"十七年"合作化小说,分析那个时代的作家关于农民和土地关系的理解和呈现。农民对土地的情感记忆成为二者关系最具有触感和活力的纽带,通过对此种情感记忆的分析,试图找到解读"十七年"合作化小说的另一种途径,进一步去发现合作化小说内部如何存在着不被政治掌控的另一种自足性,而这种自足性又如何自觉地与政治话语之间形成了一种可贵的张力。

### 一、从忧思到欢腾

鉴于中国自古以来都是一个农村人口占绝对多数的农民国家,有学者称中国一百年间发生的国内战争是三次以农民革命为主体的"土地革命战争";解放后的新民主主义从满足农民要求的土改起;社会主义改造从组织农民的合作化起;新时期的改革又从农民自发改革的大包干开始。① 农民占据国家人口大多数的特性决定了中国的核心问题就是农民的问题,而农民阶层从诞生起便与土地有不可割裂的联系。在历次历史变动中,关于农民和土地的关系一直被作为一种诉求或者动力,比如太平天国运动中"凡天下田,天下人同耕"和"无处不均匀"的原则,辛亥革命中以"平均地权"为口号的民生主义,土改中的"打土豪,分土地",社会主义建设中的农业改造,改革开放后的"家庭联产承包责任制"等,无不把农民和土地的关系突出为核心问题来看待。这也是20世纪30年代以来,乡土小说表现的主要内容。本部分主要分析的对象是"十七年"合作化小说中农民的恋地情结。

毛泽东在延安文艺座谈会上的讲话中为土地上的农民确立了较高的地位:"这时,拿未曾改造的知识分子和工人农民比较,就觉得知识分子不干净了,最干净的还是农民,尽管他们的手是黑的,

---

① 参见温铁军:《"三农"问题的世纪反思》,选自薛毅编《乡土中国与文化研究》。

脚上有牛屎,还是比资产阶级和小资产阶级知识分子都干净。这就叫作情感起了变化,由一个阶级变到另一个阶级。"[①]在这种历史语境中,文学作品中对农民的土地情感的表现方式发生了很大的转折变化。

"十七年"小说中,在充满希望的现实生活中回忆苦难的历史,从而在解放前后的对比中,使得即便是充满种种困难的现实建设活动也具有一种欢乐底色,而关于欢乐的底色可追溯到土地革命中实实在在的利益所得。比如,《创业史》以一个"题序"开始全篇,讲述梁三老汉一家解放前创业的艰辛和失败,对土地不愉快的情感记忆,从而给故事的发展奠定了一种情感基调,即"忆苦思甜",自然而然地使社会主义建设蒙上了希望的亮色。更直接地表现在,贫下中农、贫农——这一群把命运更紧密地拴在土地上的农民群体,在解放前后的底气完全不同:

> 散会以后,大伙在黑糊糊的院子里走着。郭世富非常和气、非常亲热地说:
> "欢喜!欢娃子!你爹前年吃了我七斗'活跃借贷',秋后还了二斗;去年吃了五斗,一颗还没还。统共欠我一石。"
> "你……啥意思?"欢喜瞪大了稚气的眼睛。
> "哎!好娃子哩!我盖房盖下困难哩!"郭世富非常沉重的样子诉苦。
> "噢噢!"欢喜恍然明白了,大声地说,"人家发动'活跃借贷',你讨陈账?你不晓得俺四爹土改以前没一犁沟地吗!这

---

① 毛泽东:《毛泽东选集(第三卷)》,北京:人民文学出版社1966年版,第808页。

两年有了地,少这没那,总是换不过气嘛。你困难,你盖楼房!俺四爹不困难,成天掮着撅头和铁锨,出去卖日工!他是有粮食还你吗?"

"咦,看这娃!你凶啥?我是地主吗?你管训我啦?"

"你要在春荒时节讨陈账,你比地主还要可恶喀!"欢喜出得口。

"主任,你听!"郭世富转身痛苦地朝着郭振山,带着不平的口吻说,"这是你主任经手借去的粮食啊。说了当年春上吃了秋后还。没还也罢哩。没粮食有话也好。问一声,连一句顺气的话也没有。你说这中贫农的团结性儿怎着?"

说毕,难受得哼唧着,摇着头出了街门走了。①

这一段话充满诙谐,一个"落魄"的地主"瘦死的骆驼比马大",却失掉了底气,一个稚气未脱的贫农充满正气,面对讨债毫不畏惧,牢牢地主导着话语权,站在了道理的制高点。农民在占有了土地之后变得底气十足,这与之前的低声下气形成了鲜明的对比。这种欢快的场面暗含着对富农和地主"势利眼"的讽刺,同时也表明了贫农、贫下中农终于可以在曾经的地主、富农面前扬眉吐气了。在这一时期的小说创作中,此种农民对土地的情感欢腾是此前文学中罕见的一幕。

在入不入社之间动摇的中间人物方面,作者极力表现他们对土地炙热的爱恋,刻画得异常生动。梁三老汉的形象从一出现就被很多批评家激赏,批评家们认为梁三老汉的形象塑造得比梁生宝更为成功,从他身上可以感受到几千年来农民对于土地的情感

---

① 柳青:《创业史(第一部)》,北京:人民文学出版社 2005 年版。

的延续性,在经历了曲折历程之后依然不变的坚持。① 《山乡巨变》中陈先晋作为一个需要争取的中间人物,对于土地的情感之深,也尤为动人。小说第十五章便以"恋土"命名,围绕陈先晋对土地的深沉爱恋,展现他关于入不入社的复杂情感。

> 陈先晋解了围裙,摸进房间里,正要脱去花里补疤的青土布棉袄,打算睡觉时,鸡叫二回了。躺在床上,好久睡不着,他想起来,他们这家族,从清朝起,就到这边来作田,事到如今四代了。代代都是租田种,除开上庄,租谷顶少十三纳,碰到刻薄的东家,就要提箩……老人临终时,含两包热泪,对着他和他的兄弟说:
>
> "留给你们的家伙太少了,我有几句话,留给你们:只要发狠做,你们会有发越的。这几块土,是自家开的。地步虽小,倒是个发财的根本。你们把葬在土旁边,好叫我天天看见你们在土里做工,保佑你们越做越发。"
>
> ……
>
> 解放后不久,他分了田,喜得几夜没有睡。有一天早晨,他特别走到分进的田的田塍路上,看了一回,自言自语道:"这些田归我来管了?莫不又在做梦吧?"
>
> ……
>
> "我想,农业社不入不行,入了,又怕他们是牵牛下水,六脚齐湿。"
>
> ……
>
> 雪春跳下床,披了棉袄,在洗脸架子的镜子面前,略略梳

---

① 最典型的是严家炎在批评梁生宝的形象"三多三不足"后,对梁三老汉的肯定。

了梳头发,就跑出去了。过了一阵,她跑起回来说:

"妈妈,爸爸蹲在土里,低着脑壳,不晓得在想些什么。"①

作者笔下的陈先晋,祖祖辈辈包含着对土地的情谊。历史的进程推动着陈先晋情感的一步步加深,来到合作化运动时期,他种种对于土地复杂的心情——不舍、爱恋——惹人同情,淋漓尽致。当来之不易的土地被要求重新入社之后,相当于长在自己身上的肉需要被迫割裂般,对没有很高政治觉悟的农民来说,是万难做到心甘情愿的,所以才有了他蹲在土里那种最亲近的告别仪式。其从某个侧面表现出农民的情感与政治政策的冲突与矛盾,也呈现出农民与土地情感的复杂性。类似陈先晋的形象在"十七年"文学中还有很多:弯弯绕为了私藏粮食只好假戏真做打骂女儿、焦振山为自家收存的几袋口粮坐卧不安、秋丝瓜为了粮食宁可忍辱负重,等等。此外,还包括进步的贫农,比如《艳阳天》里的马老四、萧老大、喜老头等,哪个不是种田的好把式,哪个不是对土地充满着最炙热最真诚的爱恋。甚至在新时代赋予了他们欢腾的条件后,在这深深的热爱之中,他们具有了更进一步的自主性,所以才有了农民之间相互的无伤大雅、更具欢乐气氛的自嘲:

"你看!旁人三户五户的临时组能比吗?王大脑袋亲自帮助他们订生产计划……"

"哪个王大脑袋?"

"咱黄堡区的区委书记嘛!哪个脑袋有他大?……"

"啊呀,孙委员,"旁边有人讨厌地打断他,"叫你水嘴,可

---

① 周立波:《山乡巨变》,北京:人民文学出版社 2002 年版,第 156—160 页。

> 真没叫错呀！说开就不由你自己了！你见了王书记低头弯腰,像孙子一样背后就叫人家王大脑袋哩!"
>
> 人们叫郭振山郭主任是尊敬,叫孙志明孙委员是嘲笑。①

这种欢乐的自嘲常常与绰号的运用联系在一起。绰号在"十七年"合作化小说中经常被作者采用,比如《三里湾》中的"糊涂涂""常有理""铁算盘""惹不起"等,《山乡巨变》中的"亭面胡""菊咬筋""秋丝瓜"等,《创业史》中的"三大能人""孙水嘴""吕二细鬼""王二直杠"等,《艳阳天》中的"弯弯绕""马大炮""瓦刀脸"等,这种对作品人物的修辞方式的作用,不仅体现在能生动活泼地帮助表现人物的个性特点,更能给小说创造一种轻松活泼的气氛,成为整个小说乐观基调中非常漂亮的点缀物。

"十七年"合作化小说中,农民对于土地的"忧思"基本上不存在了,取而代之的是形成了社会主义现实主义乐观基调②。源于对土地的深厚情感而存在的小农式留恋,经由社会主义改造、合作化的动员,基本上完成了向"欢腾"的转变。而顽固坚守传统,且时刻想"变天"的"地富坏"的忧思更是成为斗争的对象,不再构成"恋地"的主流情感倾向。小说中农民"恋地"的情感记忆转向欢腾,不仅与政治政策形成一定的张力,从而使小说的审美特征更具特性,而且对于新农民的创造,或者说农民尊严的重新获得至关重要。

小说中经常出现的"会议"是非常重要的符号,在会议上,农民最能扬眉吐气,表现和确认自己的主角角色。典型的如萧长春在会议上对马大炮、马立本等人正气凛然的批判,梁生宝、邓秀梅等

---

① 柳青:《创业史(第一部)》,北京:人民文学出版社2005年版。
② 乐观主义基调是陈思和对于"十七年"文学概括的一个特征,参见《中国当代文学史教程》。

人对落后农民的批评教育等。翻身的农民获得了无比可贵的尊严,这也是政治政策与农民情感的一次高度吻合。举一例,梁生宝和任老四的对话:

> "噢噢！说来说去,你还没认清我梁生宝。"
> 任老四连忙解释说:"我知道你心大胆大。你是好汉！"
> "不对！我不是好汉。是我背有靠！"
> "我知道:卢支书和王书记,这阵都扶持你哩……"
> "还不对！你另说！我背后到底站啥人？"
> "我说不准！嘿嘿,你办下好事,年轻人呀,不敢傲呀……"
> "整个共产党人和人民政府在我背后哩！"生宝非常激动地大声嚷说,"是我骄傲吗？四叔！我梁生宝有啥了不起？梁三老汉他儿。你忘了我是共产党员吗？……"①

我们从这个角度去理解农民对土地情感的欢腾,就可以发现农民群体正是在政治的支持下重新获得了尊严,挺直了腰板。这不得不说是"十七年"合作化小说对于农民形象新的创造,是作者关于尊严的想象性表达。所以,才有了王金生、焦淑红等中学生自愿留在村庄大块土地上服务于集体化运动而不愿进城学习,从而才使郭振山对徐改霞进城的劝说具有了"反动"意味。农村这块大地重新获得了不比城市低下的尊严,乡土重新获得了情感认同,这其中所具有的思想意义是巨大且应该受到重视的。

## 二、土地想象力的"狂欢"

从"五四"新文学到 20 世纪 30 年代左翼文学、解放区文学再

---

① 柳青:《创业史(第一部)》,北京:人民文学出版社 2005 年版。

到"十七年"文学,小说中农民寓居的土地名称几经变更,实现了从"乡土"到"农村"的转变。这其中的变化必然指涉不同的历史时期赋予土地的不同政治、文化、历史、社会含义,从而具有了不同的价值取向。有些学者称这种变化是从"自然村社"到"政治组织"的变化,"六十年代初到七十年代末的大量反映农村社区生活的作品,是不能称其为乡土小说的,充其量亦只能是一些'农村题材'的小说创作,原因之一就是它们失去了作为'乡土小说'的重要美学特征——风土人情和异域情调给人的审美餍足"①。如果我们换一个角度或者换一种方法论去考察,便能重新发现"十七年"合作化小说中独具特色的审美特征。

回顾"十七年"小说,不能忽视的一个问题是 20 世纪 50 年代后期出现的"大跃进"运动。"大跃进"运动并没有进入当时创作的具体的小说文本之中,但必然会进入到作者的视野,与小说文本产生直接或间接的关联。抛开这一运动的历史影响和现实效果不谈,这场运动可以看作是一场关于社会主义建设的充满冒险精神的实验,对几千年来重实利、偏保守的农民是一次剧烈冲击。这一场席卷全国的运动自然会影响到作者的小说创作,可以说"十七年"合作化小说中想象力的狂欢便是与这样的社会思潮密不可分的。

比如,青年人组成的青年团或民兵团,是一个有组织有纪律的而又承担着重要任务的团体,这在之前的文学作品里是不多见的。《山乡巨变》中,陈大春年纪轻轻便担任了青年团的团支部书记,这

---

① 丁帆:《中国乡土小说史论》,南京:江苏文艺出版社 1992 年版,第 247 页。转引自:王又平《从"乡土"到"农村"——关于中国当代文学主导题材形成的一个发生学考察》,载王光东主编:《中国现当代乡土文学研究(上卷)》,上海:东方出版中心 2011 年版,第 143 页。

让盛淑君对他极其迷恋。当然最具想象力的还是这一青年团体中的女青年,之前在闺房待嫁的女孩们现在也承担着重要的生产建设的责任与任务,盛淑君就是个个例子:

> 盛淑君和她带领的宣传队更为活跃了。同往常一样,每天天不亮,盛淑君穿双旧青布鞋子,踏着草上的露水,到山里去……
>
> 盛淑君和她的女伴当天写了两百张标语。第二天,他们把一部分标语,贴在路口的石崖上,山边的竹木上。另一部分贴在落后的王家村的各个屋场的墙壁上,门窗上,和别的可以张贴的地方。①

盛淑君被委以宣传重任,参与到社会主义建设中去,在文学史上是一个新鲜事。进一步细腻地去品读,可以发现盛淑君们对工作的热情,对工作"无缝不入"、全心全意,更体现出作者对于土地上这群精灵的大胆的文学想象。再看一段《艳阳天》里的场景:

> 这块平滩本来并不是土地,除了石头蛋,就是马眼沙,不长树木,光长羊胡子草。去年秋后,焦淑红跟一群年轻人嘀咕了半天,订了个计划,每天晌午不睡午觉,扛着镐头,跑到这里来开垦。他们把河滩上的石头蛋拣出去,又把沙子挖出来,抬到临河那一边,筑了一道圆形的小埝子;随后,从东坎子上刨黄土,一担一担地挑到河滩上,把它垫成土地,又撒下树种……开春以后,随着几次灌水,小苗苗拱土了,桃、杏、黑枣、

---

① 周立波:《山乡巨变》,北京:人民文学出版社 2002 年版,第 84 页。

> 果子和胡桃,一颗跟着一颗地长出来了。他们又从山坡子、地阶子、荒岗子上移来许多野树秧子,一排一排地栽在这儿。如今树苗和树秧都茁壮地生长起来,一片深绿,一片浅绿,伸着幼嫩的叶子,自由自在地承受着雨露和阳光。
>
> ……
>
> ……他们的心里充满着春天,春天就在他们心里边。他们每个人都有自己的欢乐和追求。这片绿生生的树苗,是他们共同的、绿色的希望。在他们的眼前,常常展现出党支部书记萧长春给他们指出来的美景。这幅美景是动人的:桃行山被绿茵遮蔽了,春天开出白雪一般的鲜花,秋天结下金子一样的果实;大车、驮子把果子运到城市里去,又把机器运回来。那时候,河水引到地里,东山坞让稻浪包围了;村子里全是一律的新瓦房,有像城市里那样的宽坦的街道,有俱乐部和卫生院;金河两岸立着电线杆子,奔跑着拖拉机……人呢,那会儿的人是最幸福最欢乐的人了,那些爱闹事儿,一心想走资本主义道路的人,也都觉悟过来了,再不会有眼下村子里发生的那些怪事了。……①

这样一幅动人的想象画面,大概是那个时代农民最幸福的念想。充满生机和幸福的生活愿景正是这一群年轻人正在前往的目的地。马翠清她们对于土地的想象超越了中农那种举棋不定的步履维艰,同样不同于老把式们的兢兢业业、按部就班。她们这一群年轻人在这片土地上实践着她们大胆、不羁的设想,不禁引领读者走向对美好的遐思。这种想象并不是毫无价值的空想,如果非要

---

① 浩然:《艳阳天(第一卷)》,北京:人民文学出版社 1975 年版,第 171—172 页。

用"欺骗"来解读那个时代的想象力,只能说是舍本逐末,是一种没有任何新意和启发性的解读方式。对于这块土地上社会主义建设的未来的乐观想象,具有足以支撑现实的动力。正如卡尔·曼海姆指出的那样,最令人误入歧途的,莫过于试图从"思想"的角度去解释乌托邦意识中超越现实的因素了,乌托邦的动力并不总是存在于它的外在表现方式之中,在很多情况下,精神激动和肉体兴奋是一致的。①

农民与土地情感想象构成了"十七年"合作化小说最动人的篇章,小说中关于土地的想象以及它表现出的"无冲突"成为这一时期文学独具魅力的审美特点,这个时代的个人是共同体内部的个人,个人价值的实现服务于集体的社会建设。这种关于土地的浪漫想象便是个人融入集体的一种途径。

到了《艳阳天》,"阶级斗争"被着力渲染,"一手抓斗争,一手抓生产,两下一起来"是在每一部小说中都常会出现的字眼,这也是《艳阳天》不同于《三里湾》《山乡巨变》《创业史》等小说的地方之一。马小辫、马之悦、马立本、马斋、瘸老五等"地富坏"分子组成一个破坏社会主义建设、企图颠覆政权回到旧社会的团体。这不同于之前的郭振山、梁三老汉、菊咬筋、郭世富等中间人物,至少中间人物还是可以争取的对象,而这一群人是"敌人",必须毫不留情地把他们当作斗争的对象。马小辫杀死小石头、马之悦企图强奸孙桂英等都是不可饶恕的罪行,同样也是这些情节把斗争的故事推向高潮。而萧长春、韩百仲、焦淑红等则无时无刻不在"两手抓",在进行生产的同时,时刻用阶级斗争的思维观察敌人的一举一动,就连休息的几天也是他们自动请缨忙生产,不停歇。三部鸿篇巨

---

① [德]卡尔·曼海姆:《意识形态与乌托邦》,北京:商务印书馆2002年版。

制所叙述的故事其实只发生在麦收时节的短短几天而已,而充斥着这么大的部头的便是热火朝天的生产活动和与敌人的斗争,可以设想,如果没有丰富的想象力,怎么能结构出如此漂亮而又生动的长篇?萧长春"硬骨头"的精神加上钢铁般的身躯,焦二菊"日行千里"的"行军速度",马老四解放后身体神奇般地康复并健壮起来且熬过了马之悦恶狠狠的那一脚,乡村妇女在劳动场上巾帼不让须眉的表现,这样一种充满活力的让人心醉的场景,正是一种想象力欢腾的表现。

而所有想象力的来源,都离不开农民对土地那种血浓于水的情感。国家的社会主义现代化建设,具体落实到农民身上,还是要通过土地连接。农民对于土地的情感变化始终是小说叙述的重要内容。不管是《三里湾》《创业史》《山乡巨变》,还是《艳阳天》,作者都着力于农民和土地的情感描写,而对于其描写的成败也一定程度上决定了小说创作的成功与否。

# 第五章
# 审美记忆与文学形式

中国传统文学、民间文学中包含着大量的情感积淀、审美习惯，这些都是民族记忆的重要内容。"审美记忆"并非与苦难记忆、战争记忆、伦理与情感记忆、创伤记忆、文化记忆等属于一个层面，它可能更体现在一些形式上的作用，但又并不能完全用形式去概括。李泽厚在分析中国古代艺术的发展历程中，发现巫术礼仪的图腾逐渐简化和抽象为纯形式的几何图案，它们的原始图腾含义不但没有消失，由于几何纹饰经常比动物形象更多地布满器身，这种含义反而更加强了。可见，抽象几何纹饰并非某种单独的形式美，而是抽象形式中有内容，感官感受中有观念。这个特点就是著名的"积淀说"，即内容积淀为形式，想象、观念积淀为感受。随着岁月的流逝，时光的变迁，这种原本"有意味的形式"却因重复仿制而日益沦为失去这种意味的形式，变成规范化的一般形式美。从而，这种特定的审美情感也逐渐变为一般的形式美。[①] 通过李泽厚对于内容和形式的分析，可以发现形式本来与内容就是难以分离的，形式如果被当下的内容加以利用，便可以赋予或者还原形式以美和情感。

---

① 李泽厚：《美的历程》，北京：生活·读书·新知三联书店2009年版。

审美记忆的文学转化问题在文学史上是一个具有延续性的问题。早在20世纪40年代,文艺界已经有过对文学的民族形式的讨论。毛泽东在《中国共产党在民族战争中的地位》一文中所提倡的"中国作风和中国气派"则成为延安文艺界的重要指导。周扬和向林冰关于这个问题具有不同的看法,不同于周扬把"中国作风和中国气派"定义为写真实,①向林冰把民族形式归结为民间形式。② 尽管有各种争执,但是民族形式讨论对于文学发展起到了重要的作用,对于民间文学形式,甚至传统文学形式的借鉴开始受到关注,文学创作也对此种倾向开始有了自觉。到了延安文艺座谈会上的讲话之后,民族形式的问题更进一步得到了重视,并在"十七年"革命历史小说和合作化小说的创作中得到了具体展开。具体表现之一是其中充满了对于中国传统文学形式的借鉴,比如对于原型、母题和结构题材等的创造性应用。本书前几章已经对苦难记忆、战争记忆、情感伦理记忆等在"十七年"小说中的现代传承和转化做了考察,并涉及一定的形式层面的借鉴,比如《林海雪原》中战争的结构安排、人物的出场设置上都属于此类,而"十七年"小说对它的重构主要体现在赋予其新的革命历史内容,所谓"旧瓶装新酒",它对民族记忆的重构起到了重要作用。本章以"十七年"小说中最能体现积淀成为具有"民族性"的审美记忆的文学作品作为讨论对象,意在凸显文学创作本身形成的自身传统,文学史的发展中充斥着"呼应"的现象,凸显那些成为审美记忆的文学形式对于民族记忆所具有的价值。

---

① 周扬:《对旧形式利用在文学上的一个看法》,《文学运动史料选(第四册)》,上海:上海教育出版社1979年版,第425页。
② 向林冰:《论"民族形式"的中心源泉》,《文学运动史料选(第四册)》,上海:上海教育出版社1979年版,第422页。

## 第一节 "史传意识"

遍观"十七年"革命历史小说,一个明显的特征是在想象"历史"的故事叙述中,往往隐现着作者的"史传意识"。中国的小说与历史从来就有千丝万缕的联系,小说经常地承担着历史演绎与书写的任务。《战国策》《左传》《史记》等既是记载中国历史的史书,又可被当作文学作品。史书中富含虚构成分,这也从一个侧面体现出中国历来著史必然服务于统治阶级利益,不得不掺杂进想象的成分。鲁迅在《中国小说史略》中曾经尝试辨析中国小说的源流。他从"小说之名,昔者见于庄周'饰小说以干县令'(《庄子·外物》)"开始考察,认为"后世众说,弥复纷纭,今不具论,而征之史:缘自来论断艺文,本亦史官之职。"即小说的特征具体表征为历史,而不具备独立性,只是历史的一个补充。又有"小说家者流,盖出于稗官,街谈巷语、道听途说者之所造也。""宋皇祐中,曾公亮等被命删定旧史,撰者欧阳修,其《艺文志》(后略称《新唐志》)小说类中……皆仔仔史部杂传类"。最终,鲁迅得出结论:"史家成见,自汉迄今盖略同:目录亦史之支流,固难有超其分际者矣。"① 小说在中国古代历史上从未获得过掌权者的青睐,但是小说的存在却始终和历史拥有千丝万缕的联系,甚至分享着历史书写的一些逻辑、思维与方式。几千年来的习惯已经形成了一套坚固的民族记忆,存在于文人的思维习惯之中。故而一大部分小说不自觉地拥有史传意识,尤其是社会面

---

① 鲁迅:《中国小说史略》,北京:人民文学出版社1976年版,第1—7页。

临巨大转型,历史发生重大事件之后。这种情况一直延续到了"十七年"社会主义建设时期的小说创作,甚至在新世纪的今天也普遍存在。

中华人民共和国成立初期,为共和国撰史的任务自然而然地就交到了共和国的文化人手中,而小说家最先体现出这种撰史的意识。柳青的《创业史》、梁斌的《红旗谱》等,直接从名字上就带有"史""谱"这样的字眼。柳青在《提出几个问题来讨论》中曾说:"《创业史》这部小说要向读者回答的是:中国农村为什么会发生社会主义革命和这次革命是怎样进行的。"①梁斌在《漫谈〈红旗谱〉的创作》也提到在写作时追求一种不同于西方文学的民族气魄,写革命的起源大有一种史传开创精神。②"十七年"时期出现了大量的长篇巨制,恰恰适应了这个变革时代的特殊要求。或许正如贝内德托·克罗齐所说:"一切民族的、所有时代的历史,过去和现在都是这样产生的,总在出现的新需求和相关的新晦涩的推动下产生。"③时代要求"十七年"长篇小说一定程度上承担了历史书写的任务,为民族国家已经发生的历史和正在进行的事业撰书立说成为这一代作者们的动力所在。而所谓的"史传意识"必然存在于他们的小说创作之中。

"史传意识"一个典型的特征是具有囊括一段历史,对社会历史的变化做全景式记录的雄心,所谓"通古今之变"的历史意识。但凡回归到古典史学家或者文学家的皇皇巨著,比如《史记》《左传》《三国志》等,都有这种意识。在经过"五四"文学洗礼、延安"讲

---

① 柳青:《提出几个问题来讨论》,《延河》1963 年第 8 期。
② 梁斌:《漫谈〈红旗谱〉的创作》,《人民文学》1959 年第 6 期。
③ [德]贝内德托·克罗齐:《作为思想和行动的历史》,北京:商务印书馆 2012 年版,第 6 页。

话"浇筑之后,这种史传意识依旧潜隐在这一时期的作品之中。① 如果说赵树理的小说创作始终围绕着社会主义建设中不可绕过的"问题",从而使其第一部反映合作化运动的小说《三里湾》未能具有令人满意的大格局,那么,柳青的《创业史》则堪称最具有"史诗"胸怀和气度。柳青一定意义上重新开辟了一条道路,它基本上隐含了新中国文学的内在逻辑和历史方向。历史资料显示,当柳青开始着手合作化小说的酝酿时,合作化运动尚存在一定的争议。② 柳青的意义便在于他用小说创作去引导农民投入到这个运动的雄心,他要在《创业史》中,记录"社会主义思想如何战胜资本主义自发思想,集体所有制如何战胜个体所有制、农民的小私有制"③。梁斌的《红旗谱》是记录二三十年代冀中地区农民革命斗争的长篇小说,作者要给读者呈现的是红色革命的起源以及发展历程,加上《播火记》和《烽烟图》,三部作品的时间跨度近半个世纪,记录了从清末到抗战的冀中地区革命历史。作者的史传意识已经表露无遗,小说就描写时间跨度和整体气质上都堪称是一部新中国农民革命的史诗。杨沫的《青春之歌》是"十七年"革命历史小说的又一经典文本,主人公林道静是20世纪30年代革命知识分子的典型代表,以林道静的成长为核心,该作品反映了早期中国共产党领导的爱国学生运动,对那个年代的知识分子作了众相描绘,堪称大时代转型期知识分子道路的高度概括,所隐现的史传意识不证自明。

---

① 此处正如陈思和在《中国当代文学史教程》中所提出的"隐形结构"存在于《李双双小传》等作品中一样,可作对比解析。
② 杜润生在《杜润生自述:中国农村体制变革重大决策纪实》(人民文学出版社2005年版)中提到过,当时土改分到土地后,"农民不愿意参加合作社,连互助组也不愿意参加"。
③ 柳青:《提出几个问题来讨论》,《延河》1963年第8期。

充满浪漫精神的写实手法,也是"十七年"小说对传统文学继承和发扬的一个重要特点。古代文史家著书立说,如韩非子、班固、司马迁等无外乎对历史事件进行叙事,他们虽然志在对历史事件进行忠实记录,但文史学家个人的思想情感、主观意识难免会渗透到所谓的客观历史书写中去。而恰恰是这种不自觉的渗透和虚构成分的填充,使历史鲜活起来,免去了单纯"实录"的刻板和僵化。司马迁的《史记》就曾被鲁迅称为"史家之绝唱,无韵之离骚",这是传统史传、文学水乳交融绝佳的注脚,几千年积淀下来的"审美记忆"进一步延伸到了"十七年"的鸿篇巨制当中来。《林海雪原》就是在记录一场轰轰烈烈的东北剿匪运动,那深林雪原的浩瀚景致、传奇英雄式的剿匪英雄基本上是作者在自然、人物原型上的夸张的集中再现。再比如《创业史》中备受争议的社会主义新人形象梁生宝,自诞生之日便被严家炎冠以"三多三不足"的帽子。[①] 梁生宝身上那种"高大全"的光环,确实是在王家斌[②]这个人物基础上加工而成,这其中注入了作者对于社会主义未来的渴望和浪漫的想象。发展到《艳阳天》里面的萧长春,面临的社会问题更加复杂。浩然似乎是触碰了柳青始终不敢走过的一步,或者说他比柳青更往前迈了一步,突破了束缚住柳青的羁绊。如果说《创业史》中梁三老汉形象的成功塑造始终被认为盖过了梁生宝,从而让读者从小说看出了作者柳青情感深处对于合作化之前农民的同情,那么到了《艳阳天》,萧长春的形象已经独树一帜了,没有哪个形象能撼动他的主体地位。这也就造成了萧长春合作化英雄的饱

---

① 参见洪子诚的《中国当代文学史》。
② 樊耀亭在《从王家斌到梁生宝》一文中提到,载《西安晚报》2006 年 6 月 10 日。转引自杜国景《合作化小说中的乡村故事与国家历史》,北京:中国社会科学出版社 2011 年版,第 314 页。

满的光辉形象,一个坚定的"硬骨头"英雄和"完人"身上更是夹杂了太多的理想成分,他身上具备的更多的是一种作者对于中国的未来之期望。在此,虚构的应用已经表现得毋庸置疑。这种"史传意识"中的浪漫的"社会主义现实主义"写法,可以从一定程度上解释"十七年"小说中的真实性问题。

然而,"十七年"小说的独特性在于,经过"五四"文学的现代转化和延安"讲话"等文学现代化的多次冲击,它在承继这种隐现的"史传意识"的同时,更是表征出与传统文史著作不一样的新特点,"十七年"小说表现得尤为特殊,可称之为"史传意识"的现代转化。

在"十七年"小说中,与《史记》等著作中的"史传意识"明显相悖的是"美丑必露的审美原则"几乎被放弃使用。① "实录写真精神影响于现代小说艺术的另一个突出表现,是现代小说家在创造人物性格时,对善恶必书、美丑必露的实录原则的重视和创造性的运用。"这是方锡德在研究现代文学时对这种继承状况的总结,然而发展到"十七年"文学,这种状况已经发生了重大变化。如果我们再往前回望,甚至观察古代描写人物的方式就可以看到,"司马迁为了写出真实的历史人物,坚持秉笔直书。他不仅写了项羽的勇猛善战、爱人礼士、妇人之仁,而且也写了项羽的刚愎自用、优柔寡断、嫉贤妒能、屠阬杀降;不仅写了刘邦的权谋多智、从谏如流、任贤择将,也写了刘邦的流氓成性、猜忌寡恩、杀戮功臣;不仅写了李广的勇战善射、屡建奇功,也写了李广的挟私报仇、不得志于时……"②这就是司马迁乃至古代文史家们的"不虚美、不隐恶"的

---

① 此处的"美丑必露"是指在塑造同一个人物,或评价同一件事情上看到正反两面的意思,而非对坏人写尽其坏处,好人说不尽其好处的二分法。
② 方锡德:《中国现代小说与文学传统》,北京:北京大学出版社1992年版,第184页。

实录原则。然而,"十七年"的政治时代环境宣告了这种美丑必露的审美原则的不合时宜。上文已经多次提到,转折时代的文学承载了不可或缺的功能,在重新构造人民对于共和国历史的民族记忆从而论证共和国合法性来源方面,在参与民族国家建设中,在对正在进行的社会主义建设进行描绘和绘制一片蓝图从而动员农民参与合作化运动、参与到社会主义现代化建设中的责任义不容辞。所以,才有了社会主义合作化小说中那种乐观向上、明快的叙事风格。周立波的《山乡巨变》、柳青的《创业史》、浩然的《艳阳天》及《金光大道》等全都是社会主义"喜剧",结尾处都指向一片光明的"乌托邦"式的期望。这在一定意义上是对社会主义建设内部产生问题的一种规避,在这一点上与传统文学美丑必露的审美原则格格不入。

以赵树理为例。从赵树理"方向"的制造到"问题小说"创作的终结,已经是我们熟知的。范家进认为赵树理的创作生命始终与"五四"新文化传统、与长期流行的传统民间文艺形式以及与 20 世纪中国农民的独特历史境遇之间所构成的极为错综复杂的关系息息相关,这必然造成了赵树理创作与主流政治的龃龉,成为"赵树理方向"被终结的一个重要原因。[①]"五四"新文化的传统对新中国这些著书立说者,如柳青、赵树理、周立波、孙犁等人造成了潜移默化的影响毋庸置疑,但表现在赵树理身上,结合他独特的气质,便形成了赵树理创作的独特性。赵树理立志做一个"文摊"作家,选择始终站在农民的立场上说话,甚至不惜与国家政策发生矛盾。比如,在身处困境的 1966 年,在一次检查中他所表达的意思里仍然可以看出他"顽固"的农民立场。针对国家的"征购",赵树理知道这些举措是国家建设的需要,"国家每年没有那么多的农产品不能过日子",

---

[①] 范家进:《现代乡土小说三家论》,上海:上海三联书店 2002 年版,第 289 页。

收购"任务紧张而发愁的时候我站在国家方面",农民增产而不增收的时候,"我又站在农民方面"。① 再比如《锻炼锻炼》中对于官僚作风的隐形批评,对于干部为了增产而捏弄农民的潜在责备;《三里湾》"肯定的主要就是互助合作对生产力积极性的调动和解放,并不涉及生产关系的变动,特别不涉及因生产关系变动而带来的农村社会矛盾性质的尖锐对抗"②所做的退让……赵树理与传统的"美丑必露"审美原则在精神上有一定的承接性,这使他不惧权威与政治的高压,敢说敢直言,这也是其遭遇不幸的主要原因。

从史传意识的隐现与现代转化的轨迹上基本上可以观察"十七年"文学生产的传播机制和读者阅读期待,进而可以窥测那个时代的政治文化环境究竟是如何影响并参与到了文学的创作之中,并受到文学创作的何种影响。史传意识在评论家将目光集中在"集体化"本身或者新时期以来对这一时期创作的极端否定之时并未受到关注,但是当家族小说、历史小说再度兴起的今天,③对史传意识的研究必会再次进入学者的视野。

## 第二节 "原型"④的书写

在上一节的论述中,我们重点探讨了"十七年"文学的故事模式及其中隐含的"史传意识"的转化问题,其延续的是以《史记》《水

---

① 赵树理:《认识自己 回忆自己》,《赵树理全集·第 6 卷》,北京:大众文艺出版社 2006 年版,第 469—470 页。
② 杜国景:《合作化小说中的乡村故事与国家历史》,北京:中国社会科学出版社 2011 年版,第 216 页。
③ 比如新历史小说的创作、历史演义的再现、历史宏大题材影视剧热播等。
④ 本节部分内容参考王光东《"主题原型"与新时期小说创作》(《中国社会科学》2008 年第 3 期),《"民间想象原型"与近三十年小说创作》(《当代作家评论》2010 年第 1 期)。

浒传》《三国演义》等作品为代表的注重现实演绎的"史传"想象传统。而"十七年"小说与神话、民间传说、民间故事也有着深刻的内在联系。讨论"想象原型"与"十七年"小说的关系,也是以民间传说故事及其相关作品为核心展开讨论的,但需要重视民间传说故事与神话之间的关系,因为一个民族的想象方式和思维方式是有共同性的。民间传说故事的演变,往往基于"原始神话",而生发出了"次神话"和"变质神话"(茅盾语)。在这个演变过程中,道教、儒教、佛教都不同程度地起到了作用,并且产生了一些新的传说和故事。诺思罗普·弗莱在《批评的解剖》中指出:

> 文学中的神话和原型象征有三种组成方式。一种是未经移位的神话,通常涉及神祇或鬼魔,并呈现为两相对立的完全用隐喻表现同一性的世界……第二种组成方式便是我们一般称作传奇的倾向,即一个与人类经验关系更接近的世界中那些隐约的神话模式。最后一种是"现实主义"倾向(加上引号,这说明我对这个欠妥的术语并无好感),即强调一个故事的内容和表现,而不是形式。①

这样,弗莱把整个西方文学史上的作品都结构在原型的理论架构中,以此来观看西方文学史的流变与传承。弗莱所说的这三种组合方式在中国文学的变化中,也有体现。中国民间故事中也有神魔原型与传奇倾向,同时,也表现出部分现实的成分。总的来说,与中国神话相关的民间故事传说,具有"万物通灵论"的宇宙

---

① [加]诺斯罗普·弗莱:《批评的解剖》,陈慧、袁宪军、吴伟仁译,天津:百花文艺出版社 2006 年版,第 197—198 页。

观,动物、人、神、魔等都具有人的情感,分享同样的时间、空间,都具有超自然的神力,可以超越肉身,互相交换"灵魂"。

新文学以来的发展历程在欧化的道路上似乎昂首阔步,但是与传统文学的关联从没有被切断。早在1956年,周扬就曾经谈到了对待传统的态度:

> 总的来说,我觉得我们在文学艺术方面对传统的注意力是不够的。尽管注意了传统戏曲,昆曲也出来了,国画也出来了,但是轻视遗产、排斥遗产和以粗暴的态度对待遗产,在目前还是存在的。如果不解决这个问题,我们的文学艺术就不能前进。或者至少前进起来非常缓慢。[①]

在文学创作层面上对于传统文学资源的借鉴始终处于文艺理论家论争的焦点位置,然而,不管持什么态度,任何创作或多或少地都会与传统文学发生联系,这是毋庸置疑的。传统文学中包含了丰富的"审美记忆"因子,始终是"十七年"革命历史小说借鉴的重要资源,比如对于文学原型的现代应用。

在这个意义上,去掉民间的限制,可以对原型做出界定:原型就是文学作品中不断反复出现的意象、人物、主题、结构、想象等叙事因素,并在不同时期的文学作品中能够发现其相互之间的意义联系。原型作为文学中始终传承、变迁的存在,依附于文学中便成了"审美记忆"。由此,可以对"十七年"革命历史小说中的原型应用进行考察。

---

① 周扬:《关于当前文艺创作上的几个问题》,选自:王尧、林建法主编,郭冰茹编选:《中国当代文学批评大系:一九四九一二〇〇九(卷一)》,苏州:苏州大学出版社2012年版,第359页。

当我们对"十七年"革命历史小说中的故事模式进行考察,就不难发现其中和古典小说之间的联系。首先,是"才子—佳人"人物配置的转换。"才子—佳人"的人物配置是"十七年"革命历史小说常见的方式,虽然这里的才子和佳人的具体内涵被赋予了革命战争语境下的含义:才子不是明清时候吟风弄月的文弱书生,而是驰骋沙场的战斗英雄;佳人也不是养在深闺人未识的大家闺秀,而是巾帼女战士。但是细读文本,我们仍旧会发现其中将人物置于"才子—佳人"的想象模式中,主要的特征就是小说中的男性具有过人才能,而女性温柔美丽、顺从体贴,同时两人情投意合,但经历挫折,最终成就佳话。《林海雪原》中的少剑波和白茹——英雄才俊的解放军指战员和机灵勇敢的美战士白茹,重现了才子配佳人的设置。在第九章《白茹的心》、第二十三章《少剑波雪乡抒怀》中,作者专门对两个人的情愫进行了特写。《苦菜花》里的姜永泉和娟子、兴梅和纪铁功、德强和杏莉等,都是革命战争中结成的夫妻,他们之间的动人情感令人垂泪。

中国传统强调阴阳调和,《周易》中说:"一阴一阳之谓道",《道德经》中也说:"万物负阴而抱阳","才子—佳人"原型模式也脱不出阴阳调和观念的大范畴。我们在传统文学中经常会发现这种"才子—佳人"原型的存在,早在《史记》里面,对于项羽和虞姬的描写已经成为一段佳话流传至今。明末清初则涌现出大量的才子佳人小说,在这类小说中"男女以诗为媒介,由爱才而产生了思慕与追求,私订终身结良缘,中经豪门权贵为恶,构陷而离散,多经波折,终因男中三元而团圆"[1]。比如,《玉娇梨》《平山冷燕》《金云翘

---

[1] 袁行霈主编:《中国文学史(第四卷)》,北京:高等教育出版社1999年版,第306—309页。

传》《春柳莺》《雪月梅》等小说便属此类。到了20世纪早期的左翼文学则出现了一批反映知识分子"革命加情爱"主题的小说,比如蒋光慈的《冲出云围的月亮》,大学生王曼英和李尚志也是"才子—佳人"原型的应用。尽管才子与佳人所指向的具体人物的身份与所处的背景都发生了变化,但是从精神品质上看,这些人都是小说中所描写的那个时代的才子和佳人。从这一点上看,"十七年"历史小说的"才子—佳人"原型当然可以成立,不管是作者有意识还是无意识的应用,都对作品产生了很大的影响。另外一个经典化的人物配置方式——"五虎将"原型,在《林海雪原》里特别明显,这早已被很多学者作了具体考证,在此不做赘言①。

另外,英雄成长的故事模型也值得注意,其基本上可以简化成:幼年丧父—离家出走—神圣代父—为父报仇。《三国演义》中徐庶介绍诸葛亮时,说道:"此人乃琅琊阳都人,复姓诸葛,名亮,字孔明……其父早卒,亮从其叔玄……后玄卒,亮与弟诸葛均躬耕于南阳。"②诸葛亮幼年丧父,后离开琅琊来到南阳,最后被刘备三顾茅庐,请为军师。这之后,诸葛亮的"父"的角色一定意义上变成大汉王室,而辅佐刘备则是在为"父"效力,恢复皇室王权,"为父报仇"。《说岳全传》里的岳飞,也是幼年丧父,他以宋王朝为"父",为"父"驰骋沙场。这种原型,在古典战争小说中大量存在。这也为"十七年"革命历史小说提供了"审美记忆"基础。《林海雪原》里的主要人物少剑波,就是幼年失去父母,在姐姐鞠县长的养育下长大。

> 是在剑波六岁那年上,父母双亡,姐弟俩就开始了孤苦无

---

① 具体可以参看陈思和主编的《中国当代文学史教程》。
② 罗贯中:《三国演义》,北京:人民文学出版社1979年版,第427页。

依的生活。那时姐姐才只有十八岁,她依靠教书来养活幼小的弟弟和自己。①

少剑波长到 15 岁便参了军,离开家开始了军旅生涯。当少剑波成为一个共产党员时,他在精神上已经把广大无产阶级群众认作"父",他带领小分队剿灭土匪的行动便是为"父"报仇。还有一个典型是《红旗谱》中的朱老忠。当朱老忠还是幼年虎子的时期,便失去父亲朱老巩。由于冯老兰为代表的恶霸反动势力的相逼,朱老忠不得不离家出走。多年过去回到老家后,朱老忠在共产党员的影响下,慢慢接近党组织,并在党组织的带领下,发动了反交割头税等运动,并取得了胜利。朱老忠显然是为父报仇,但是"父"的含义已经发生了变化,至少加上了广大无产阶级群众和中国共产党。另外,《铁道游击队》里的绿林英雄刘洪也是幼年失去父母,在姐姐的抚养下长大成人,成为一名抗战英雄;《野火春风斗古城》里的杨晓冬作为一名英雄,幼年丧父,是在母亲一人的带领下长大成人并参加革命,成为一个战斗英雄;《烈火金刚》里的史更新少年丧父,由养父抚养成人,其后参加革命,成为一名青年战斗英雄;《苦菜花》中的姜永泉也是在幼年时期失去父母,参加了一次战斗之后加入了共产党,然后开始了对抗王唯一、王柬之等反动派的革命战斗,为"父"报仇……这些革命历史小说中,英雄人物基本上和少剑波、朱老忠拥有相似的生命轨迹,这种内在的故事结构,无不凸显着"幼年丧父—离家出走—神圣代父—为父报仇"的原型。

最后,是"拥刘反曹"道德化的故事主题的再现。《三国演义》中把曹操塑造为白脸狡诈的枭雄,而刘备则是忠君、代表正义的一

---

① 曲波:《林海雪原》,北京:人民文学出版社 1957 年版,第 9 页。

方,这就是小说中被人称作"拥刘反曹"的思想倾向。这种典型的正义和邪恶二元对立式的道德化模式或是思想原型,在其他传统的文学作品中也大有体现。比如,《水浒传》中高俅和梁山好汉的对比,又如《封神演义》中商纣王和西伯侯的对比。"十七年"革命历史小说中这种"拥刘反曹"的道德化原型,得到了更深的发展。陈思和说:

> 这种由战场上养成的思维习惯支配了文学创作,就产生了"二元对立"的艺术模式,具体表现在艺术创作里,就形成了两大语言系统:"我军"系统和"敌军"系统。"我军"系统用一系列光明的词汇组成:英雄人物(包括共产党领导下的各种军队和游击战士,以及苦大仇深的农民),他们通常是出身贫苦,大公无私,英勇善战,不怕牺牲,不会轻易死亡,没有性欲,没有私念,没有精神危机,甚至相貌也有规定:高大威武,眼睛黑而发亮,不肥胖,等等;"敌军"系统是用黑暗的词汇组成:反面人物(包括国民党军队、日本侵略军队、汉奸军队的官兵,以及土匪恶霸地主特务等等一切"坏人"),他们通常喜欢掠夺财富,贪婪,邪恶,愚蠢,阴险,自私,残忍,有破坏性和动摇性,最终一定失败,长相也规定为恶劣、丑陋、有生理缺陷……这两大语言系统归根结底可以用"好人一切都好""坏人一切都坏"的模式来概括。①

陈思和细腻地考察了正与邪的两种语言系统,做出了以上概

---

① 陈思和主编:《中国当代文学史教程》,上海:复旦大学出版社2008年版,第57页。

括。革命历史小说大致沿袭了这种正邪对立的道德化原型,进而将笔触深入到中国广大农村区域,渗透到人们的伦理情感之中。在此基础上,中国的革命战争实现了政治的道德化倾向,中国共产党对于群众的动员,正是利用了这样一套情感逻辑。[①] 由此可见,包括人物设计在内的故事的设置模式,实际上反映了作者想要表达的某种革命中的道德,利用审美传统中的情感逻辑来影响受众。

## 第三节　赵树理"评书体"的自觉

"十七年"小说对民族记忆的重构,离不开其对传统文学形式的巧妙继承、转换,作家对民族审美形式的化用,往往伴随着精神文化上的"回忆"冲动,这种本土作家立足于民族特有的文化的、文学的、艺术的形式进行创作的倾向,就是民族审美意识的自觉。这种自觉并不仅仅体现在与"世界"发生关系的80年代和人文精神面临考验的90年代,同样,"十七年"文学中的作家也面临着这样的问题。几千年的传统文学留下的"审美记忆",如何传承？赵树理是最具有本土性审美意识的作家之一,他深谙于对本土文学形式进行现代转化的技巧。

当代作家群中,赵树理是一个具有文学史意义的作家。从20世纪40年代中央把"赵树理方向"作为文艺创作的标准和方向开始,赵树理的每部作品都给文学史带来极大影响。"赵树理方向"

---

① 孟悦在《〈白毛女〉演变的启示——兼论延安文艺的历史多质性》一文中,对这一点做了考察。她认为共产党正是用黄世仁作为恶霸一方破坏了乡村道德伦理秩序这一点,引导群众进行反抗。这样,共产党便在道义上站住了脚,与群众的情感紧密联系在一起。

基本可解释为赵树理创作的某些特征与"讲话"精神的结合,是一种文艺政策的宣传形式,并不等同于赵树理本人创作的全部。周扬、陈荒煤等对"赵树理方向"选取性的摘要概括,是对其权威性的盖棺定论。赵树理在建国后对自身创作习惯的坚守,与"赵树理方向"一次次产生了矛盾,以致在创作生涯中出现几起几落,也恰恰能印证"赵树理方向"的复杂性。在此,由于赵树理创作的一惯性,我们选取赵树理40年代的两部作品和"十七年"时期创作的部分作品进行分析,反过来也更能感受赵树理在创作习惯上的坚守的难能可贵性。本章认为赵树理所始终坚守的"赵树理方向"特征之一的大众化倾向("生动活泼,为人民群众喜闻乐见"),尤其体现了赵树理审美意识的自觉。

在此,以赵树理对评书体的现代转化作为一个典型进行分析。赵树理在创作中有对传统借鉴的自觉。[①] 后来的研究者如黄修己也认为,赵树理的文学技巧主要是对传统文学的继承,并在继承中克服其缺点,使用西方的文学资源来修补,为我所用。[②] 且不论有没有对西方文学资源的借鉴,赵树理对于中国传统文学技巧的借鉴已经是当时及其以后评论家的共识。《李家庄的变迁》《灵泉洞》这两部革命历史题材的小说中的评书体作为一种"审美记忆"如何被创造性转化,并参与到民族国家架构之中,很值得我们去考察。

赵树理在谈到评书体这种传统文学形式时,曾说:

> 这些东西实在不能小看,各地演出的《白蛇传》的作者,可以说都是了不起的,我们不能不承认他比我们的高(虽然那些

---

[①] 赵树理在许多篇文章中都讲到传统的重要性,比如《从曲艺中吸取养料》《运用传统形式写现代戏的几点体会》等。
[②] 黄修己:《赵树理研究》,太原:山西人民出版社1985年版。

东西不一定是一个人写的),我们有些东西还不能形成他们那样深刻的印象,而他们形成了。评书(以及曲艺中其他曲种)直接和群众联系在一起,是和群众没有脱离关系的文学形式,我们小看它就会犯错误。①

赵树理从与人民群众的关系角度论及评书体这种文体形式,认为这种文学形式能给群众留下深刻的印象,完全没有脱离群众。如果要追溯为何评书体作为一种传统的形式具有这样的魅力,我们还得从它的几个特点讲起。

赵树理的评书体讲求故事的完整性。所有的故事从头讲起,对人物的背景、故事发生的环境都要有所交代。且看《灵泉洞》的开头:

> 没有入过大山的人,听起山里的故事来,往往弄不清楚故事产生的地理情况。例如我说起太行山里的故事来,有的人就问我:"一座太行山究竟坐落在什么地方?你说的太行山为什么有时候朝东、有时候朝南?"提出这问题的人,就没有入过大山。
> 
> ……
> 
> 闲话少说。我现在要说的故事,又是这太行山里的故事,这事出在太行山南端。这地方有一条山沟叫灵泉沟……
> 
> 我要说的故事从这里才算开始。以上只算是故事前边的交代。②

---

① 赵树理:《从曲艺中吸取养料》,《人民文学》1958 年第 10 期,选自黄修己编:《赵树理研究资料》,北京:知识产权出版社 2010 年版,第 112 页。
② 赵树理:《灵泉洞》,北京:人民文学出版社 1981 年版,第 1—6 页。

再看《李家庄的变迁》的开头部分:

> 李家庄有座龙王庙,看庙的叫"老宋"。老宋原来也有名字,可是因为他的年纪老,谁也不提他的名字;又因为他的地位低,谁也不加什么称呼,不论白胡老汉,不论才会说话的小孩,大家一致都叫他"老宋"。
> 抗战以前的八九年,这龙王庙也办祭祀,也算村公所;修德堂东家李如珍也是村长也是社首,因此老宋也有两份差——是村警也是庙管。①

两篇小说的开头部分,都交代了故事的源头及相关背景,这为以后故事的发展作了铺垫。仔细品味这两个开头,都可以明显感觉到故事讲述者的存在。作者是把自己当作一个说书人,向广大人民群众讲故事,这是评书体的一大特点。

有别于"五四"文学形成的"横断面"的小说写法,评书体讲究"有话则长,无话则短",这样就保证了情节的连贯性、完整性。在《灵泉洞》第四章,金虎逃脱束缚回到家后,发现家里变化很多,作者接着对家里在金虎被捕时的情况作了补充交代。

> 原来金虎出去以后的第十天,三水镇的军队和他们的县政府,对捕去的共产党员已经经过拷打以后,一齐赶到河沟里用机枪扫射了。在灵泉沟捕去的两个人,王正明的尸首找到了,银虎是死不见尸活不见人;金虎说的是到镇上请医生也一

---

① 赵树理:《李家庄的变迁》,北京:人民文学出版社1978年版,第1页。

直没有回来,大家估计他兄弟两个恐怕都是凶多吉少。①

    故事的情节基本上都会被交代清楚,不会省略掉次要的脉络。这样就保证了故事的完整性,不会造成读者读现代派小说那样由于情节的缺失而产生疑虑。另外,故事性的追求还体现在对于自然环境的处理:"突出写人物,无非是语言和行动,再没别的办法。环境是陪衬,是烘托气氛。像《雷雨》中的雷,《四明山》的雷等,主要应是语言和行动。"②所以,赵树理的小说中没有大段大段的自然环境描写,所有的环境都融合到故事的行动和对话之中,环境只是为了人物性格和故事发展而存在。这样的形式安排保证了赵树理小说很强的故事性。

    评书体的应用还表现在"扣子"的使用上。"评书的作者或艺人,常常在说到紧要关头或热闹处突然停下来,以引起读者或听众对情节继续发展的关切。这种用保留故事中的关节来吸引人的办法,叫作'扣子'。"③"扣子"艺术的灵巧运用,能让小说的故事曲折有致,充满情趣。比如上文引用的《灵泉洞》一段中,银虎和金虎的生死不明把读者的心都给吊了起来,这明显是作者对"扣子"艺术的巧妙运用。再比如,《灵泉洞》在整部小说的最后,给广大读者留了一个大的"扣子","本来我应该接着写下去,只是再写下去就要误了我今年应该参加的劳动锻炼,所以只好等我锻炼一个时期之后再继续写吧!"④这样,作者牢牢地把读者的兴趣点抓住,引向对

---

① 赵树理:《灵泉洞》,北京:人民文学出版社1981年版,第38页。
② 赵树理:《运用传统形式写现代戏的几点体会》,《人民文学》1958年第10期,选自黄修己编:《赵树理研究资料》,北京:知识产权出版2010年版,第138页。
③ 韩玉峰、杨宗、赵广建、苟有富:《赵树理的生平与创作》,太原:山西人民出版社1981年版,第105页。
④ 赵树理:《灵泉洞》,北京:人民文学出版社1981年版,第133页。

于《灵泉洞》下部的出版上。像这样的"扣子"手法的运用经常出现在小说之中,足见赵树理对于传统艺术借鉴的巧妙之处。

赵树理对于评书体这种"审美记忆"的创造性转化是充满意义的,或者可以说它以技巧的形式参与了小说中那段民族记忆的重构。作者对于传统的评书体并不是直接拿过来应用的,而是经过了认真转化。如郭沫若所说:"(赵树理)章回体小说的旧形式是被扬弃了。好些写通俗故事的朋友,爱袭用章回体的旧形式,这是值得考虑的。'却说'一起和'且听下回分解'一收,那种平话式的口调已经完全失去意义固不用说,章回的节目要用两句对仗的文句,更完全是旧式文人的搔首弄姿,那和老百姓的嗜好是不相干的……作者破除了这种习气,创出了新的通俗文体,是值得颂扬的事。"① 这种现代转化还表现在对语言的精心改善,运用群众活的语言,群众喜欢的语言,在此不作赘述。

赵树理对于评书体的创造性转化具有很强的目的性。赵树理很早就曾说过:"我不想上文坛,不想做文坛文学家。我只想上'文摊',写些小本子夹在卖小唱本的摊子里去赶庙会,三两个铜板可以买一本,这样一步步去夺取那些封建小唱本的阵地。做这样一个文摊文学家,就是我的志愿。"② 作者带着很强的政治功利性去创作,站在了一个农民的立场上去争取农民大众。对于赵树理的这两部评书体的革命历史小说来说,这个效果显然是达到了。不管是说书人在背后的存在,这样可以与观众进行直接的情感交流,还是利用这些传统的技法吸引读者的眼球,评书体所具有的"化大

---

① 郭沫若:《读了〈李家庄的变迁〉》,《北方杂志(1、2)》,1946年,选自黄修己编:《赵树理研究资料》,北京:知识产权出版社2010年版,第167—168页。

② 李普:《赵树理印象》,《长江文艺》1949年第1期,选自黄修己编:《赵树理研究资料》,北京:知识产权出版社2010年版,第15页。

众"的能量是非常大的。可以说,评书体这种完全可以"以说代读"的形式,就是专门给文化程度不高、又渴望新知识的农民量身订做的。把革命历史用这种形式讲出来,传播给广大读者群众,这使得评书体这种被现代转化的"审美记忆"参与了民族记忆的重构,对于民族国家的想象与国民身份认同、政权合法性的确认都起了巨大作用。

## 第四节　小说中的通俗性

按照郑振铎的归类,小说在某种意义上皆可于"俗文学"序列:

> 何谓"俗文学"?"俗文学"就是通俗的文学,就是民间的文学,也就是大众的文学。换一句话说,所谓俗文学就是不登大雅之堂,不为学士士大夫所重视,而流行于民间的,成为大众所嗜好、所喜悦的东西。
>
> 中国的"俗文学",包括的范围很广。因为正统的文学的范围太狭小了。于是"俗文学"的地盘便愈显其大。差不多除诗与散文之外,凡重要的文体,像小说、戏曲、变文、弹词之类,都要归到"俗文学"的范围里去。①

尽管"俗文学"的定义在当代文学传统中已经完全发生了变化,但是郑振铎关于俗文学的历史演变给了我们关于俗文学特征的很好且很重要的启示。从"俗文学"到严肃文学有一个递进演变

---

① 郑振铎:《中国俗文学史》,北京:团结出版社 2006 年版,第 1 页。

的过程,严肃文学范围不断得到"俗文学"升格后的补充。因为随着时代的发展,严肃文学的狭隘边界对文学的发展日益禁锢,迫切需要曾经不登大雅之堂、但是生动且具有活力的"俗文学"的有效补充。所以,在一定意义上,"俗文学"某些特性具有突破严肃文学封闭性审美的特点。尽管部分小说在白话文学史上已经从俗文学的领域迈入到了严肃文学的行列(现代文学史上"鲁郭茅巴老曹"的经典化就是最好的例证),但是今天小说中的"俗"的特点依旧得到很多方面的保留,尤其是"十七年"长篇小说,通俗性特点的存在产生了巨大的审美功用。郑振铎给"通俗性"概括的特点,包括大众的、无名的集体创作的、口传的、新鲜的且粗鄙的、想象力奔放大气的、勇于引进新的东西,这些特点导致了"俗文学"有许多好处,又有许多缺点。"十七年"文学已经不能用"俗文学"的范畴去定义,但是依然与郑振铎所概括的"俗文学"具有很多共同之处,或者说"十七年"文学本身具有丰厚的通俗性特征,构成了"十七年"文学独特的艺术气质。

"十七年"小说中通俗性的特点可以从延安文艺座谈会上的讲话中找到依据。我们可以把通俗性当作大众化要求的具体特征之一,通俗易懂也是文化、政策普及的要求。这里涉及普及与提高的关系,毛泽东在《讲话》中讲道:"什么是文艺工作中的普及和提高呢?这两种任务的关系是怎样的呢?普及的东西比较简单浅显,因此也比较容易为目前广大人民群众所迅速接受。高级的作品比较细致,因此也比较难于生产,并且往往比较难于在目前广大人民群众中迅速流传。现在工农兵面前的问题,是他们正在和敌人作残酷的流血斗争,而他们由于长时期的封建阶级和资产阶级的统治,不识字,无文化,所以他们迫切要求一个普遍的启蒙运动,迫切要求得到他们所急需的和容易接受的文化知识和文艺作品,去提高他们的斗争热情和胜利信心,加强他们的团结,便于他们同心同德地去和敌人作斗争。对于他们,第一步需要还不是'锦上添花',而是'雪中送炭'。所以在目前条件下,普及工作的任务更为迫切。轻视和忽视普及工作的态度是错误的。"①对普及工作的重视,可以延伸到新中国建立以后的新民歌运动,可以理解为它们是在前后历史中的逻辑展开。新中国建立以后,群众教育程度决定着普及工作依然是一个"雪中送炭"的任务,从一定意义上比提高具有更优先的紧迫性和重要性。文艺创作中的大众化恰恰是普及任务的运动方式,而通俗性则是普及任务在文学创作中的具体表现。

赵树理在《谈群众创作》中说:

> 我在太行山里的时候,曾遇到两次和大众结合的机会:一次是1944年春节,晋冀鲁豫边区政府发动了个农村娱乐竞赛征文,叫我去看一个多月的稿件;又一次是我和几位同志办过个《新大众》小报,我当了个把月编辑。……
>
> 在好多群众作品中,我见到两个共同的特点:第一,不论在内容上或者形式上都是多样性的。第二,他们写出来的具体生活,有好多是我们文艺工作者事先不易体会到的。看了他们的东西,使我感觉到自己接触的社会面太狭窄、肤浅。
>
> 自然我们也不应妄自菲薄:在群众文化程度尚未提高到一定高度的条件下,凡是我们见得到的事物,容易比群众写得出来,否则我们文艺工作者便没有什么作用。可是从客观条件上说来,有些地方我们不能不比群众所见的狭窄肤浅。社

---

① 毛泽东:《毛泽东选集(第四卷)》,北京:人民文学出版社1991年版,第861—862页。

> 会面是很复杂的,而群众正是这些复杂面的直接组织者。我们文艺工作者,不但不是每个角落都有,而且也不一定直接参加群众的生活,如何能不比群众所见狭窄和肤浅呢?①

赵树理自称为地摊文学家,探索一种农民立场的写作,保持着知识分子立场上不断退让的姿态,从以上对群众创作的认识上有明显的体现。严格意义上说,赵树理小说很明显具有通俗性特点,尤其是其作品中"扣子"手法的应用。另外,"十七年"时期的作家们在对于传统通俗小说手法的借鉴上,比如想象力的极大丰富、情节神奇性的描写、传统原型等的应用,都可以放在郑振铎"俗文学"通俗性特征的概括范围内。本节集中探讨"十七年"小说中的通俗性特点,并就通俗性特点如何与民族记忆发生关联作阐释。

1958年3月,成都中央工作会议期间,毛泽东在会议上讲了一段话:"印了一些诗,尽是些老古董。搞点民歌好不好?请各位同志负个责,回去后搜集一点民歌,各个阶层都有许多民歌,搞几个试点,每人发三五张纸,写写民歌。劳动人民不能写的,找人代写。限期十天搜集,会搜集到大批民歌的,下次开会印一批出来。中国诗的出路:第一条,民歌;第二条,古典。在这个基础上,两者'结婚'产生出第三个新东西来,形式是民族的,内容应当是现实主义与浪漫主义的对立统一。太现实了就不能写诗了。现在的新诗不成形,没有人读,我反正不读新诗,除非给一百块大洋。搜集民歌的工作,北京大学做了很多。我们来搞,可

---

① 赵树理:《谈群众创作》,选自《赵树理文集》第四卷,北京:中国工人出版社2000年版,第1608页。

能找到几百万成千万首的民歌。这不费很多的劳力,比看杜甫、李白的诗舒服一些。"①这段话成为了"大跃进"运动期间新民歌运动的政治宣言,预示着其轰轰烈烈的开展。这以后,搜集民歌运动、群众创作活动、文人的创作实验(比如郭沫若《颂十三陵水库》等),文艺大众化路线在这一时期得到了更加彻底的实践。

在这个历史脉络中观察,1959年北京市文联编辑的《小说散文集(北京群众创作选集)》②可以说离不开新民歌运动的影响,是在文艺大众化、在毛泽东"普及"概念下群众文学创作实践的结果。"大跃进"运动的报道在当时的报刊、等媒体上铺天盖地,文化创作方面也积极地响应着。但是与新闻报道不同,我们在作家群体中很少能看到作品的创作,倒是群众性集体创作活动取得了一定的成果,并被编撰成册,成为特定历史的产物。如果说无名的群众创作是作为小说通俗性的一个典型特点,那么这本小说集子里的小说可以说是"十七年"时期"大跃进"这段独特历史最真实的记录和反映,集中体现着通俗性特点。

文集中有一篇由长辛店机车厂工人孙桂桥、马建群、赵学勤三人集体创作的小说《老工人的心》,主要描写了长辛店工厂老张退休的瞬间,及其退休后重返工厂解决一个重大技术难题,重新被工厂聘任到新成立的参谋部的故事。

> 四个回合以后,尾梁的模样大致出来了,到下午四点钟第一个尾梁制成功了。大家高兴得几乎把老张禄抬了起来。厂

---

① 盛巽昌编:《毛泽东与民俗文化》,南宁:广西人民出版社1998年版,第233—234页。
② 北京市文联编:《小说散文集(北京群众创作选集)》,北京:北京出版社1959年版。

长亲切地对他说:"老张禄,你忙了一天,早点回家歇歇吧,剩下的活交给年轻人干,等机车造好了我再去请你。"可是这时老张禄的什么累呀、乏呀,早飞到九霄云外去了,像机器加了油,浑身添了十二分精神。等厂长刚刚走出车间,他就又挽起袖子,把手巾往脖子一系,拿起火钳子和大家一起开始干第二个尾梁了。

深夜十二点钟,厂长快步地走到锻工场,他一眼就发现老张禄还穿着围裙,用白毛巾擦着头顶上、脸上的汗珠儿。第二根尾梁已经打好横躺在平台上。"张师傅还没走?"厂长赶紧走过来,感激地紧紧握住张师傅粗壮的大手。

"见活不干心里难受呵!"老张禄爽朗地笑着说,"厂长,现在都在大跃进,我们也该打破陈规,也让我这个退休老工人回来和大家一起干活吧。谁说我不能干就让他和我较量较量。厂长,我什么都能干,你就下命令吧!"他睁大着那双老眼,期待着望着厂长。在这目光里,闪耀着一颗炽热的老工人的心呵![1]

这篇小说是典型的无名群众的创作,是"大众的,她是出生于民间,为民众所写作的,且为民众而生存的"[2]。小说中充满着毫不节制的充沛情感,具体体现在老张对于工作几十年的机车厂的不舍情感,想要继续发挥余热的强烈愿望,以及以60多岁的高龄连轴作业完成不太可能完成的尾梁锻造任务。小说于1958年7月完成,8月发表在《人民文学》1958年8月号。从时间上看,恰恰

---

[1] 北京市文联编:《小说散文集(北京群众创作选集)》,北京:北京出版社1959年版,第33—34页。

[2] 郑振铎:《中国俗文学史》,北京:团结出版社2006年版,第2页。

是应了"大跃进"运动的潮流,可以说是应运而生。小说的创作与历史实践的发生缺乏必要的观察和思考距离,群众创作的功利性与这段距离刚好相照应。此种意义上,该小说更像是新闻报道,处在"大跃进"这个特殊的历史阶段,功能性被不断放大。小说整体上给读者带来的是新鲜的现实感和粗糙的艺术表现形式,这都是小说通俗性的具体体现。

《小说散文集(北京群众创作选集)》里还有一篇引人注目的小说,是长辛店机车厂工人乔予的《全家上阵》。小说通篇用口语化的语言,以接地气的对话为主要叙事形式,没有多余的修饰语,就像工人之间的拉家常,行文风格给人一种城市里的赵树理的感觉。

这篇小说具有新中国文学史上少见的几个特点。首先从人物形象上看,73岁的妈妈表现出很不一样的人物特点。

> 我跟着进了屋,见淑琴也早就回来了,从食堂买来的米饭、馒头、炒菜早已在桌子上摆得好好的,这也跟平常不大一样,平常差不多是我回来以后才去买饭。今天是怎么回事呢?问淑琴,她也不言语,只是催我快吃饭。越是这样我越纳闷。还是妈沉不住气,带着埋怨的口气说:"你还问啥!你也不行!我也不行!都不行!就是她娘俩行!张口就是我老了,闭口也是我老了,就像我就等着进棺材一样……"这情景使我纳闷,解放以来,我们家可算是个和睦家庭,从没顶过嘴,可今天是怎么了?我又问。妈接着又说:"我老了!成了废物了,人家要去炼钢,就是硬说我不行……"
>
> 啊!原来是这么回事!我说:"谁告诉你们今天炼钢的?'淑琴说:'你当是你不说别人就不知道是怎么着!人家张大嫂、李大妈都进场了……"

"就是我不行！老了！咱老了！"

妈妈不住的唠叨，语气里透着莫大的委屈。①

一家人的矛盾原来是由老妈妈争着去炼钢引起的，在传统文学中 70 多岁的老人本该安享天伦之乐，在革命历史小说中老人的角色也大致被"边缘化"，比如《林海雪原》中的蘑菇老人是指点迷津、神化智者的化身，一点即过；再如《创业史》中的梁三老汉，作为中间人物，抱守着传统躬耕理念，是保守的。而"大跃进"特殊历史背景下这篇群众创作小说创造出了全新的老人形象。73 岁的妈妈因为不让去劳动而主动喊委屈，又爱较真，本该是弱势群体的老年人被赋予强势。一直强调自己老了，显然是不服老的表现，而又以这种俏皮的形式最终为自己赢得了参与炼钢劳动的权利。看看小说中精彩的描写：

> 我们一家三口组织了一个家庭炉，我看炉，淑琴拉风箱，小玲的三轮车供着几个炉用料。不多时，天黑了，生火的炉更多了，火光照得人们红光满面，像是一群关老爷。我只顾忙炒钢，头也不抬，一会，汗水顺着鼻尖往下淌。每个炉都燃起熊熊烈火，一会儿三堆铁材料就用完了半堆。我按着这种速度算了一算，这一夜三堆铁材料就全都用完了。第二天早上就要缺材料。这可是桩大事情，材料不足怎么能保证完成炼钢任务呢？大家一齐想办法，有的提议叫材料科找，有的提议叫小玲和他那一群同学捡废铁。可是捡来捡去，算一算总是不

---

① 北京市文联编：《小说散文集（北京群众创作选集）》，北京：北京出版社 1959 年版，第 35—36 页。

够用,怎么办呢？大家都急得没办法。

忽然听见背后人吵人嚷,嚷什么呢？我也没注意,一会儿,人们吵吵闹闹地走到我的背后来,我急忙回头一看,吃了一惊,原来是我妈妈来了！只见她背上背着家里那个破铁锅,一步一摇地走过来。……我妈就是这种钢脾气,她到底还是来了。我急忙丢下铁棍迎上去接她肩上的大铁锅,可是刚一伸手,她的胳膊就一拐,没好气地说:"不用！"……党委书记一面给她倒水喝,一面说:"老大娘,真壮实啊！真是越活越年轻了！"

"我老了！不行了！就是他们行！"……①

一个可爱的老人形象一下子跃然纸上,读到与书记的对话,相信这样一个生动完整的老人形象一定会让读者啧啧称奇。本篇小说具有历史的局限性,但同时具有超越历史的艺术表现价值。小说写法像是对于一个时代的童话故事式写法,大胆的想象和人物性格的新面貌塑造可以盖过这段历史的不切实际的幻想性,形成了艺术表现和历史现实的巨大张力。这种新的小说特质的描写,构成了小说通俗性的另一层艺术魅力。

通俗性形成了一种新的艺术价值,大众化写作也构成了民族记忆层累叙述的一股重要力量。作家群体站在人民群众立场的为大众的写作,以及人民群众自己参与的创作活动,都有一种通俗化的趋势和要求。"十七年"小说通过这种大众化趋势所内含的通俗性要求,参与到"十七年"历史文艺的整体性运动中。

---

① 北京市文联编:《小说散文集(北京群众创作选集)》,北京:北京出版社1959年版,第38—39页。

# 附论：昨日重现的价值

马克思曾经说过："使死人复活起来，是为了赞美新的斗争，而不是为了拙劣地模仿旧的斗争，是为了赞扬想象中的既定任务，而不是为了避免这个任务在现实中的解决——是为了重新找到革命的精神，而不是为了使它的幻影重新游荡起来。"[1]民族记忆的研究也不是为了回到过去，美化过去，而是为了服务于新时代中国特色社会主义新的伟大征程。

因为历史已经年代久远，上一代革命人的历程经历时间的冲刷，在时代的重塑下更迭为记忆。老一辈文学家们用小说传承历史，并通过文本实现古代、近代、现代及当代的连接。正是凭借着这种对传统价值的执着，昨日的社会以及社会的进化过程中相继出现的各个时期通过文本，或者是通过代际之间的语言传递等，才得以存续至今。跟随新中国建立成长起来的老一辈文学家为我们留下了丰厚的文学资源，如果把文学史的跨度进一步拉大，我们发现"十七年"文学不仅因其特质在新文学史上享有独特地位，更可以发现其作为从白话文运动以来文学创造的一种新的尝试，为后来的文学发展、反思提供了不可或缺的价值。

---

[1] 马克思、恩格斯：《马克思恩格斯选集》第一卷，第605页。

但记忆是个诡谲的东西,它常常使生活中的人们对其真假难辨。记忆扑朔迷离,个人记忆与集体记忆,或者个人记忆与民族记忆这种特殊的集体记忆,如果要达成某种融合,或者说如果民族记忆能够进入到一个民族集体中大部分成员个体身上,确实需要载体。而民族记忆的生成,也只有能够深入到人们内心成为他们的共同记忆,民族记忆也才能真正称之为民族记忆。而本书就是抓住两种记忆能够融合的载体之一——文本关联,然后进一步缩小到"十七年"长篇小说这一范围内,去考察民族记忆。民族记忆是一个流动的存在,它的组成是不断随着时代的发展得到修改和补充的,这与民族记忆背后的叙述者的话语权是密不可分的。历史发展的手段与目的之间的矛盾尚且是当代国家发展难以解决的冲突,民族国家成立之初预设的社会发展目标也会随着历史发展阶段的实际进展情况而调整,这其中不乏前后的矛盾。就像莫里斯·迈斯纳在《马克思主义、毛泽东主义和乌托邦主义》中指出的一样,毛泽东时代的社会主义发展目标并没有在其设想的期限内完成,并走了很多弯路,甚至犯过一些历史错误,但其在历史上所努力做的尝试,让毛泽东主义者在某种意义上,甚至成为马克思主义发展史上比列宁更纯正的、更彻底的马克思主义者。

然而,当代社会关于"十七年"时代的积极成分的记忆却即将消失殆尽,这无异于因噎废食。记忆可以悄悄隐藏起来,但因为有了"十七年"留下来的丰富文本,就不可能彻底消失,更何况社会主义在新时代的建设下正如火如荼地开展。"十七年"时代的民族记忆对当代民族记忆的构成,必然不可或缺。历史悠悠,或许我们应该把历史的范围进一步拉大,把"十七年"的民族记忆放到悠远的中华民族记忆中去考察,以文学的文本形式,勾连古代文学与现代、当代文学,从文本自身所具有的审美因素去考察时代对于民族记忆的继承与转化,我们对民族记忆的构成、功用和独特价值就会看得更加清楚。这也是本书所要达到的目的,尽管可能都只是初探。

记忆附着于文本(语言)或者集体的仪式(比如节日、纪念日等),也存在于一个民族的审美习惯当中。审美习惯的变迁深刻影响着民族记忆的变化,似乎"十七年"小说所具有的审美价值在当代被普遍地忽略,一定程度上造成了关于共和国建国以来社会主义建设时期的记忆缺失。而新时代领导人始终坚决强调,我们的国家性质是社会主义国家,而国家的社会主义源头就在新中国建立之初的"十七年"之中,这种历史规定性赋予"十七年"以基础性意义,同时赋予"十七年"文学以基础性地位。

生活中的我们肯定都经历过一系列关于价值观的讨论,身边的朋友可能在谈及"中国梦"的宏大叙事时,大部分都是漠然疏离的,他们觉得这是国家政党政治,与自己无关,这恰恰符合特雷·伊格尔顿提出的"政治失忆症"的特点。所谓的普世价值、自由主义价值观随着中国商品经济的高度发达,已经侵占了人们主流思想,去政治化的趋势已然成为事实。这导致了官方主流价值观念在人们思想观念中的普遍失效,形成了愈是官方灌输、愈是人们拒斥的悖论现象。如果说对这个现象历史地追根溯源可以发现,对于"十七年"阶段的历史认定与现状的形成具有不可割裂的关系。从文学的角度看,则是"十七年"文学的失语,造成了人们对"十七年"民族记忆的遗忘。今天提到"三红一创",问问身边非文学专业的人是什么,基本上都表示是陌生事物。这种集体性的遗忘,从科学社会主义的角度分析,是不合时宜的。关于社会主义的信念,关于社会主义建设的民族记忆,应该构成今天正在进行的新时代中国特色社会主义建设实践的某种参照,无论如何应以史为鉴,而绝不该被遗忘。

人们不可能把自己的记忆同时放置在不同的记忆框架中,不可能同时认可两个新旧不同时代的价值,尽管两个时代有所延续和继承。为了与时代和平相处,人总会给自己的记忆找一个确切的位置,这也构成了民族记忆的变动性质。现代社会生活的规约性,让"十七年"文学中历史记忆归于沉寂。哈布瓦赫在《论集体记忆》中提道:"死者退回到过去之中,并不是因为把他们和我们分离开的时间的物质量度加长了;而是因为,他们在其中度过一生并且需要用名字来称呼他们的群体已经消失得无影无踪,所以,他们的名字也渐渐地被遗忘了……他们缺乏的正是来自也已消失的群体的支持。"① "十七年"文学文本作为当下精神生活的前文本,在新时代以后面临着哈布瓦赫所述的处境。新时期,文学创作转向日常生活,一地鸡毛成为文学创作的真实写照,新历史小说也在重塑着历史观。人们开始关注所谓的人的抽象价值、人性等概念,"十七年"文学的民族记忆似乎一下子随着历史的转型而跌落下来。当今的时代精神、政治特征、生活习惯已经极大地相异于"十七年"的民族记忆,然而忙碌的生产生活充斥着今天生活的空间,人们似乎需要寻找一个精神的救赎,有时候确实需要把自己从日常的生活中解脱出来。"十七年"时期的民族记忆不失为一种文化精神参考。

所以,经典重读与纪念日、节日、庆典等应当并置,成为参与过去的一种方式,记忆重构的一种方式。经典重读是一种对民族记忆的建构过程,而不是一个回忆的过程。我们对"十七年"文学经

---

① [法]莫里斯·哈布瓦赫:《论集体记忆》,上海:上海人民出版社2002年版,第126—127页。

典的重读,是站在今天的时代对民族记忆的重构。重读机制何以运作?比如,《创业史》在"十七年"时期被奉为经典的一大原因是创造了社会主义的新人形象——梁生宝等,同时对于一系列中间人物的成功刻画,这些人物是对历史传统人物的人物特质的扬弃,符合社会主义新价值的特点而被创造出来,关于传统优秀人物的特质经过新特点的补充,得以重新构建,成为那个时代对于"新人"的经典叙述。2014年10月15日,习近平《在文艺工作座谈会上的讲话》引用了大量文学作品,世界文学在讲话中是浓墨重彩的一笔,世界性因素的大量增加与时代包容万象的特点相符。另外,习近平重提《创业史》,着重强调柳青创作的人民立场,关于新人的价值、史诗的气象都已经不再被当作重点提及。不同时代对于文本的不同解读,完全是根据时代精神的需要,其中的民族记忆成分已经通过筛选、增补发生重构。《创业史》已经不完全是当年的《创业史》,但其中必有继承。当今对于民族记忆的重构经常发生让人担忧的状况。今天,满屏幕的关于红色文化的影视表达,最让人眩晕的莫过于战争记忆的当代讲述。一些乱象不断出现:手撕鬼子、戏说抗战史、丑化英雄人物、美化侵略分子和反动派等。这些影像伴随着孩子们成长,侵占他们关于共和国革命史、建设史的记忆空间,与当下的消费文化、嘻哈文化结合在一起,哪还有"十七年"经典文学的位置?造成的一大后果就是关于"十七年"经典文学中民族记忆的进一步跌入深渊。我们没有理由不怀疑,随着那个时代走过来的长辈们的慢慢凋零,没有了他们的讲述,加上经典文本的跌落,关于那个时代的记忆是否已经没有任何生存的机遇了?

通过经典重读,进而重构"十七年"小说中的民族记忆,扩大受众面,让历史的记忆成为当下文化肌体的一部分,使抗战历史、社会主义革命史等红色文化不至于被遗落,不至于仅仅是零星的学者的独舞,不至于在整个社会记忆框架内被渐渐挤压出记忆空间,进而消失殆尽。我们通过对文学中民族记忆的考察,重新让"十七年"文学浮出历史水面,同时分析其与历史的关系,就是想要在那个时代的文学略显沉闷的状态上,补以新鲜血液,从而尝试撬动人们尘封已久的对于那个时代的关照。民族记忆的重构包含着自我和集体认同的出发点,保存不应被遗忘的、唤醒意义重大的记忆,或许这也是民族记忆诠释的一种动力以及期望所在。

新世纪首个十年以来,关于新中国历史的整合性论述已经多见,割裂改革开放前后两个阶段的阐释,从而以否定前者而肯定后者的阐释框架大致被严肃的讨论者丢弃。如果从前三十年和后四十年关系的角度去审视新中国的文化,其中必然存在着一条逻辑轴线,或者称之为价值轴线,对于这条轴线的判断左右着讨论者的出发点和落脚点。民族记忆在这段历史前后的流动性建构——扎根在中华民族内心深处的文化心理结构,恰恰是这条轴线不可分割的一部分。如果再具体深入追溯承担民族记忆的载体,上文所讨论的文学便是其中重要的主体之一。

借用雷蒙·威廉斯对"文化"的社会性定义,即把"文化"的定义从狭隘的精英文化解放出来,认为文化是一种整体性的社会生活方式,经验是其中一个重要范畴。"十七年"找到了新的主人公,而新的历史观也随着价值立场的变化发生着巨大重构。1949年之前和之后,中国的政治、经济、社会等各个方面都发生了本质性的变化,而改革开放也可以看作新中国历史阶段的一个分水岭。工人、农民阶级主导的革命运动形成了丰富的关于革命、建设的社会经验,而关于工人和农民的生活方式必然会成为民族记忆重构的重要因素之一,也就是说这个时代的"文化"内涵和1949年前相比已经发生了重要变化。随着改革开放以来对于"十七年"文学的反思，文化的内涵又一次随着时代主题的变化而出现了变化。正如霍加特在 20 世纪 60 年代批评泛滥的美国大众文化缺乏有机性，而推崇 20 世纪 30 年代的美国工人阶级文化一样，如今商品经济当道所产生的文化也出现了各种各样的问题。对于问题的思考和批判，并不意味着要回到"十七年"，而是把对"十七年"文学的研究带回到所谓的价值轴线上去考虑，用历史发展的整体性眼光，用社会主义历史文化的继承与转化的逻辑，面向的是文学的发展向何处去的问题。

# 参考文献

[ 1 ] 梁斌：《红旗谱》，北京：中国青年出版社1957年版。
[ 2 ] 曲波：《林海雪原》，北京：人民文学出版社1957年版。
[ 3 ] 冯德英：《苦菜花》，沈阳：春风文艺出版社2003年版。
[ 4 ] 孙犁：《风云初记》，长春：时代文艺出版社2010年版。
[ 5 ] 赵树理：北京：《李家庄的变迁》，人民文学出版社1978年版。
[ 6 ] 赵树理：《灵泉洞》，北京：人民文学出版社1981年版。
[ 7 ] 李英儒：《野火春风斗古城》，北京：人民文学出版社1962年版。
[ 8 ] 罗广斌、杨益言：《红岩》，北京：中国青年出版社2000年版。
[ 9 ] 刘流：《烈火金刚》，北京：人民文学出版社2011年版。
[10] 袁静、孔厥：《新儿女英雄传》，北京：人民文学出版社1996年版。
[11] 吴强：《红日》，北京：中国青年出版社2009年版。
[12] 杜鹏程：《保卫延安》，北京：人民文学出版社2005年版。
[13] 吴承恩著,黄永年、黄寿成点校：《西游记》，北京：中华书局2005年版。
[14] 罗贯中：《三国演义》，北京：人民文学出版社1979年版。
[15] 浩然：《艳阳天》(三部)，北京：人民文学出版社2003年版。
[16] 赵树理：《三里湾》，北京：人民文学出版社2005年版。
[17] 周立波：《山乡巨变》，北京：人民文学出版社2002年版。
[18] 柳青：《创业史(第一部)》，北京：人民文学出版社2005年版。
[19] [美]保罗·康纳顿：《社会如何记忆》，上海：上海人民出版社

2000 年版。

[20] [德] 阿斯特莉特·埃尔、冯亚琳主编：《文化记忆理论读本》，北京：北京大学出版社 2012 年版。

[21] [法] 莫里斯·哈布瓦赫：《论集体记忆》，上海：上海人民出版社 2002 年版。

[22] [美] 本尼迪克特·安德森：《想象的共同体：民族主义的起源与散布》，上海：上海人民出版社 2003 年版。

[23] [美] 华莱士·马丁：《当代叙事学》，北京：北京大学出版社 1990 年版。

[24] [美] 卡尔·瑞贝卡：《世界大舞台：十九、二十世纪之交的中国的民族主义》，北京：生活·读书·新知三联书店 2008 年版。

[25] [英] 埃里克·霍布斯鲍姆：《民族与民族主义》，上海：上海人民出版社 2006 年版。

[26] 李泽厚：《美的历程》，天津：天津社会科学院出版社 2001 年版。

[27] [德] 哈拉尔德·韦尔策主编：《社会记忆：历史、回忆、传承》，北京：北京大学出版社 2007 年版。

[28] [法] 雅克·勒高夫：《历史与回忆》，北京：中国人民大学出版社 2010 年版。

[29] [加] 诺斯罗普·弗莱：《批评的解剖》，天津：百花文艺出版社 2006 年版。

[30] [德] 马克思、恩格斯：《共产党宣言》，北京：人民出版社 1997 年版。

[31] [美] 莫里斯·迈斯纳：《马克思主义、毛泽东主义与乌托邦主义》，北京：中国人民大学出版社 2005 年版。

[32] [日] 沟口雄三：《作为方法的中国》，北京：生活·读书·新知三联书店 2011 年版。

[33] 王联编：《世界民族主义论》，北京：北京大学出版社 2006 年版。

[34] 王霄冰、迪木拉提·奥迈尔主编：《文字、仪式与文化记忆》，北京：民族出版社 2007 年版。

[35] 王尧、林建法主编：《中国当代文学批评大系(1949—2009)》，苏

州：苏州大学出版社 2012 年版。
- [36] 洪子诚主编：《中国当代文学史史料选(1945—1999)》(上下)，武汉：长江文艺出版社 2002 年版。
- [37] 毛泽东：《毛泽东选集》，北京：人民文学出版社 1991 年版。
- [38] 马齐彬、陈文彬等主编：《中国共产党执政四十年(1949—1989)》，北京：中共党史资料出版社 1989 年版。
- [39] 中国新文学大系编辑委员会：《中国新文学大系 1949—1976·文艺理论卷》，上海：上海文艺出版社 1990 年版。
- [40] 袁行霈主编：《中国文学史(第四卷)》，北京：高等教育出版社 1999 年版。
- [41] 黄修己：《赵树理研究》，太原：山西人民出版社 1985 年版。
- [42] 黄修己编：《赵树理研究资料》，北京：知识产权出版社 2010 年版。
- [43] 韩玉峰、杨宗、赵广建、芶有富：《赵树理的生平与创作》，太原：山西人民出版社 1981 年版。
- [44] 李泽厚：《说文化心理》，上海：上海译文出版社 2012 年版。
- [45] 薛毅编：《乡土中国与文化研究》，上海：上海书店出版社 2008 年版。
- [46] 丁帆等：《中国乡土小说史》，北京：北京大学出版社 2007 年版。
- [47] 杜国景：《合作化小说中的乡村故事与国家历史》，北京：中国社会科学出版社 2011 年版。
- [48] 黄子平：《"灰阑"中的叙述》，上海：上海文艺出版社 2001 年版。
- [49] 陈思和：《陈思和自选集》，桂林：广西师范大学出版社 1997 年版。
- [50] 陈思和主编：《中国当代文学史教程》，上海：复旦大学出版社 2008 年版。
- [51] 蔡翔：《革命／叙述：中国社会主义文学—文化想象(1949—1966)》，北京：北京大学出版社 2010 年版。
- [52] 王光东：《朴素之约》，济南：山东文艺出版社 2004 年版。
- [53] 王光东：《20 世纪中国文学与民间文化》，上海：复旦大学出版社 2007 年版。

[54] 王光东、陈小碧:《民间原型与新时期以来的小说创作》,桂林:广西师范大学出版社 2012 年版。

[55] 罗兴萍:《民间英雄叙事与"十七年"英雄叙事小说》,桂林:广西师范大学出版社 2012 年版。

[56] 洪子诚:《文学与历史叙述》,郑州:河南大学出版社 2005 年版。

[57] 洪子诚:《中国当代文学史》,北京:北京大学出版社 2009 年版。

[58] 洪子诚:《问题与方法》,北京:生活·读书·新知三联书店 2002 年版。

[59] 王晓明:《二十世纪中国文学史论》(上、下),上海:东方出版中心 2003 年版。

[60] 李杨:《50—70 年代中国文学经典再解读》,济南:山东教育出版社 2006 年版。

[61] 李杨:《抗争宿命之路:"社会主义现实主义"(1942—1976)研究》,长春:时代文艺出版社 1993 年版。

[62] 蓝爱国:《解构"十七年"》,上海:华东师范大学出版社 2003 年版。

[63] 姚丹:《"革命中国"的通俗表征与主体建构:〈林海雪原〉及其衍生文本考察》,北京:北京大学出版社 2011 年版。

[64] 温儒敏、贺桂梅等:《中国现当代文学学科概要》,北京:北京大学出版社 2005 年版。

[65] 陈顺馨:《1962:夹缝中的生存》,济南:山东教育出版社 2002 年版。

[66] 董之林:《热风时节:当代中国"十七年"小说史论(1949—1966)》,桂林:广西师范大学出版社 2008 年版。

[67] 唐小兵主编:《再解读——大众文艺与意识形态》,北京:北京大学出版社 2007 年版。

[68] 程光炜:《文学想象与文学国家——"社会主义现实主义研究"(1949—1976)》,郑州:河南大学出版社 2005 年版。

[69] 陈晓明:《表意的焦虑——历史祛魅与当代文学变革》,北京:中

央编译出版社 2003 年版。
- [70] 杨厚军:《革命历史图景与民族国家想象——新中国革命历史长篇小说再解读》,武汉:湖北教育出版社 2005 年版。
- [71] 金进:《革命历史的合法性论证——1949—1966 年中国文学中的革命历史书写》,郑州:河南大学出版社 2011 年版。
- [72] 郭剑敏:《中国当代红色叙事的生成机制研究——基于 1949—1966 年革命历史小说的文本考察》,北京:中国社会科学出版社 2010 年版。
- [73] 洪子诚、孟繁华:《当代文学关键词》,桂林:广西师范大学出版社 2002 年版。
- [74] 方锡德:《中国现代小说与文学传统》,北京:北京大学出版社 1992 年版。
- [75] 赵园:《地之子》,北京:北京大学出版社 2007 年版。
- [76] 王光东主编:《中国现当代乡土文学研究》(上、下卷),上海:东方出版中心 2011 年版。
- [77] 马克思、恩格斯:《马克思恩格斯选集》(第一卷),北京:人民出版社 1972 年版。
- [78] 郑振铎:《中国俗文学史》,北京:团结出版社 2006 年版。

2000年版。
[20] [德]阿斯特莉特·埃尔、冯亚琳主编:《文化记忆理论读本》,北京:北京大学出版社2012年版。
[21] [法]莫里斯·哈布瓦赫:《论集体记忆》,上海:上海人民出版社2002年版。
[22] [美]本尼迪克特·安德森:《想象的共同体:民族主义的起源与散布》,上海:上海人民出版社2003年版。
[23] [美]华莱士·马丁:《当代叙事学》,北京:北京大学出版社1990年版。
[24] [美]卡尔·瑞贝卡:《世界大舞台:十九、二十世纪之交的中国的民族主义》,北京:生活·读书·新知三联书店2008年版。
[25] [英]埃里克·霍布斯鲍姆:《民族与民族主义》,上海:上海人民出版社2006年版。
[26] 李泽厚:《美的历程》,天津:天津社会科学院出版社2001年版。
[27] [德]哈拉尔德·韦尔策主编:《社会记忆:历史、回忆、传承》,北京:北京大学出版社2007年版。
[28] [法]雅克·勒高夫:《历史与回忆》,北京:中国人民大学出版社2010年版。
[29] [加]诺斯罗普·弗莱:《批评的解剖》,天津:百花文艺出版社2006年版。
[30] [德]马克思、恩格斯:《共产党宣言》,北京:人民出版社1997年版。
[31] [美]莫里斯·迈斯纳:《马克思主义、毛泽东主义与乌托邦主义》,北京:中国人民大学出版社2005年版。
[32] [日]沟口雄三:《作为方法的中国》,北京:生活·读书·新知三联书店2011年版。
[33] 王联编:《世界民族主义论》,北京:北京大学出版社2006年版。
[34] 王霄冰、迪木拉提·奥迈尔主编:《文字、仪式与文化记忆》,北京:民族出版社2007年版。
[35] 王尧、林建法主编:《中国当代文学批评大系(1949—2009)》,苏

州：苏州大学出版社 2012 年版。
[36] 洪子诚主编：《中国当代文学史史料选(1945—1999)》(上下)，武汉：长江文艺出版社 2002 年版。
[37] 毛泽东：《毛泽东选集》，北京：人民文学出版社 1991 年版。
[38] 马齐彬、陈文彬等主编：《中国共产党执政四十年(1949—1989)》，北京：中共党史资料出版社 1989 年版。
[39] 中国新文学大系编辑委员会：《中国新文学大系 1949—1976·文艺理论卷》，上海：上海文艺出版社 1990 年版。
[40] 袁行霈主编：《中国文学史(第四卷)》，北京：高等教育出版社 1999 年版。
[41] 黄修已：《赵树理研究》，太原：山西人民出版社 1985 年版。
[42] 黄修已编：《赵树理研究资料》，北京：知识产权出版社 2010 年版。
[43] 韩玉峰、杨宗、赵广建、芶有富：《赵树理的生平与创作》，太原：山西人民出版社 1981 年版。
[44] 李泽厚：《说文化心理》，上海：上海译文出版社 2012 年版。
[45] 薛毅编：《乡土中国与文化研究》，上海：上海书店出版社 2008 年版。
[46] 丁帆等：《中国乡土小说史》，北京：北京大学出版社 2007 年版。
[47] 杜国景：《合作化小说中的乡村故事与国家历史》，北京：中国社会科学出版社 2011 年版。
[48] 黄子平：《"灰阑"中的叙述》，上海：上海文艺出版社 2001 年版。
[49] 陈思和：《陈思和自选集》，桂林：广西师范大学出版社 1997 年版。
[50] 陈思和主编：《中国当代文学史教程》，上海：复旦大学出版社 2008 年版。
[51] 蔡翔：《革命／叙述：中国社会主义文学—文化想象(1949—1966)》，北京：北京大学出版社 2010 年版。
[52] 王光东：《朴素之约》，济南：山东文艺出版社 2004 年版。
[53] 王光东：《20 世纪中国文学与民间文化》，上海：复旦大学出版

社 2007 年版。

[54] 王光东、陈小碧:《民间原型与新时期以来的小说创作》,桂林:广西师范大学出版社 2012 年版。

[55] 罗兴萍:《民间英雄叙事与"十七年"英雄叙事小说》,桂林:广西师范大学出版社 2012 年版。

[56] 洪子诚:《文学与历史叙述》,郑州:河南大学出版社 2005 年版。

[57] 洪子诚:《中国当代文学史》,北京:北京大学出版社 2009 年版。

[58] 洪子诚:《问题与方法》,北京:生活·读书·新知三联书店 2002 年版。

[59] 王晓明:《二十世纪中国文学史论》(上、下),上海:东方出版中心 2003 年版。

[60] 李杨:《50—70 年代中国文学经典再解读》,济南:山东教育出版社 2006 年版。

[61] 李杨:《抗争宿命之路:"社会主义现实主义"(1942—1976)研究》,长春:时代文艺出版社 1993 年版。

[62] 蓝爱国:《解构"十七年"》,上海:华东师范大学出版社 2003 年版。

[63] 姚丹:《"革命中国"的通俗表征与主体建构:〈林海雪原〉及其衍生文本考察》,北京:北京大学出版社 2011 年版。

[64] 温儒敏、贺桂梅等:《中国现当代文学学科概要》,北京:北京大学出版社 2005 年版。

[65] 陈顺馨:《1962:夹缝中的生存》,济南:山东教育出版社 2002 年版。

[66] 董之林:《热风时节:当代中国"十七年"小说史论(1949—1966)》,桂林:广西师范大学出版社 2008 年版。

[67] 唐小兵主编:《再解读——大众文艺与意识形态》,北京:北京大学出版社 2007 年版。

[68] 程光炜:《文学想象与文学国家——"社会主义现实主义研究"(1949—1976)》,郑州:河南大学出版社 2005 年版。

[69] 陈晓明:《表意的焦虑——历史祛魅与当代文学变革》,北京:中

央编译出版社 2003 年版。
[70] 杨厚军:《革命历史图景与民族国家想象——新中国革命历史长篇小说再解读》,武汉:湖北教育出版社 2005 年版。
[71] 金进:《革命历史的合法性论证——1949—1966 年中国文学中的革命历史书写》,郑州:河南大学出版社 2011 年版。
[72] 郭剑敏:《中国当代红色叙事的生成机制研究——基于 1949—1966 年革命历史小说的文本考察》,北京:中国社会科学出版社 2010 年版。
[73] 洪子诚、孟繁华:《当代文学关键词》,桂林:广西师范大学出版社 2002 年版。
[74] 方锡德:《中国现代小说与文学传统》,北京:北京大学出版社 1992 年版。
[75] 赵园:《地之子》,北京:北京大学出版社 2007 年版。
[76] 王光东主编:《中国现当代乡土文学研究》(上、下卷),上海:东方出版中心 2011 年版。
[77] 马克思、恩格斯:《马克思恩格斯选集》(第一卷),北京:人民出版社 1972 年版。
[78] 郑振铎:《中国俗文学史》,北京:团结出版社 2006 年版。